风知道，光阴的温度

王俊——

著

台海出版社

图书在版编目（CIP）数据

风知道，光阴的温度 / 王俊著 . -- 北京 ：
台海出版社，2018.12

ISBN 978-7-5168-2174-9

Ⅰ．①风… Ⅱ．①王… Ⅲ．①散文集－中国－当代
Ⅳ．① I267

中国版本图书馆CIP数据核字（2018）第260350号

风知道，光阴的温度

著　　者：王　俊
责任编辑：武　波　童媛媛　　　　装帧设计：末末美书
版式设计：末末美书　　　　　　　责任印制：蔡　旭
出版发行：台海出版社
地　　址：北京市东城区景山东街 20 号　邮政编码：100009
电　　话：010 － 64041652（发行，邮购）
传　　真：010 － 84045799（总编室）
网　　址：www.taimeng.org.cn/thcbs/default.htm
E-mail：thcbs@126.com

经　　销：全国各地新华书店
印　　刷：固安县京平诚乾印刷有限公司
本书如有破损、缺页、装订错误，请与本社联系调换

开　　本：880mm×1230mm　　　　　1/32
字　　数：154 千字　　　　　　　　印　张：7
版　　次：2019 年 3 月第 1 版　　　印　次：2019 年 3 月第 1 次印刷
书　　号：ISBN 978-7-5168-2174-9
定　　价：39.80 元

目
录

第一辑
素 心

第二辑

小 喜

第三辑

沉 溺

第四辑

忽已晚

第五辑

江南忆

第一辑　素心

　　捻指成香，桃花流水杳然而去。情，从不知所起，却寂寞得一往而深。

寂寞桃花开

春桃一夜堆如霞。

三月，桃花绽放在春风中。推开院门，桃花纷纷且开落，隔着一朵花的距离，仿佛看到了前世，寂寞得溃不成军。

桃花开时，我喜欢一人静静地坐在树底下，泡一壶茶，让茶色晕染出一些关于桃花的往事。桃花压满枝桠，有稠稠的蜜意。粉色的花瓣，颜色极致的温柔，夭夭曼妙令人迷离。桃花绽放得有些凛冽，甚至有些孤注一掷，像一口古井，在宁静下，蕴藏着无限的狂乱，却时不时地汲出一片清朗。风起之时，满山的花瓣飞舞旋落，飘于我的发梢，落在泥上。铺满桃花的小径，是一寸寸的相思。在春风中，春衫薄凉，惆怅逼仄地游进了心底。

《诗经·周南·桃夭》写道："桃之夭夭，灼灼其华。"写出了桃花无限的妩媚与曼妙。崔护的《题都城南庄》："去年今日此门中，人面桃花相映红。人面不知何处去，桃花依旧笑春风。"诗人不仅写出了世事的沧桑，也写出了女子如桃花的多情。桃花，注定是一位女子，在春日潺潺流水中，潋滟了春的情愫，痴痴傻傻地等待着千转百回的情人。爱情来了，如果恰好遇见窗外的桃花，便是应了景，应了心。

突然想起了徐志摩和陆小曼。泥足深陷的徐志摩，情不能自已，疯狂地为他的小龙写着一封又一封的情书。他的情书，每一封都是浓得化不开的热情。他的桃花热烈地开放，他花费了身上所有的积蓄，买下一双昂贵的绣鞋，只因他的小龙最喜欢锻绣的鞋子。只要一想起因为他的宠爱，小龙能宛如一朵桃花妖娆地开着，恣意散发着如春的气息，他整个心便似云雀从心底欢呼，他觉得小龙应该拥有春天桃花盛开时的声音和模样。

徐志摩去世后，陆小曼这一朵桃花寂寂开着。她远离尘嚣，一人寥落地数着过往的桃花——所有的长风浩荡，都只不过是飞花逐月。或许，桃花的凋零，亦是一世的倾城。"若将人泪比桃花，泪自长流花自媚。"袅晴丝吹来桃花如雪，蓦然回首，千树万树皆寂寞。

四十年代的初期，她第一次登台，手里执着一枝鲜艳的桃花，唱着崔护的"人面桃花相映红"，真正是人与桃花化作一体。而他是一个富家大少爷，家住苏州。那天，他奉父命去上海洽谈一笔生意。第一次来到上海，他避开了下人，一人独自游走在大街小巷。循着一阵莺莺丝竹之声，无意间进了花楼。只一眼，他便沉溺在她的桃花湖中，再也爬不上来了。他偷偷花钱包养了她，而她，既见君子，云胡不喜。她欢喜着这段误入藕花深处仍嫌不够的爱情。

半年的时光，他逗留在上海，留恋在温柔乡，久不归回。他的父亲听闻独子落入烟花巷，气得坐船跑到上海，将他绑回苏州。他拼死抗争，但是拗不过同样倔强的父母亲，被迫娶了一个门当户对的妻子，上海与他从此断绝消息。

她守在上海，等着他，日复一日年复一年，她的眼里除了落寞，更多的是张皇不安。终于，她再也等不住了。在一个月夜，她伺机逃出来，买通了船家，憔悴而狼狈地站在他家大门外。庭院深如海，一个弱女子又怎么能进得了豪门呢。

她等候在他家的附近，始终未曾见到他。她不知道，他成婚后就被父亲押着上了英国的船只。几年后，她终于等到了他。他作为一个留洋归国的人才留在政府部门工作，一双儿女绕膝。她流干了最后的一滴泪，选择默默离开。

几年前，我在她的家里，发现了她年轻时的照片。而此时，生活已经把当年的桃花女子打磨成了一个瘦瘦的桃花婆婆。她居住于乡间一座暗淡的土墙屋，唯有那张黑白照片，依稀泛着光阴的苍茫。她每天打扮得整整齐齐，干干净净的，一副素素然的样子；旗袍上的桃花早已粉白粉白；白发稀疏，依然盘着一个细小的发髻。她依然保持着年轻时的习惯，坚持每天用毛笔给他写一封信，而这信永远都寄不出去。她在自己的院子中种满了桃树。遇上春日桃花开，她泡好新摘下的茶叶，也会随着花瓣雨，意兴阑珊地唱一曲"人面桃花相映红"。呜哝的声音里，似杜鹃啼别院，别有一番滋味上心头。满目山河空山远，到底是人去楼空，犹是春闺梦里人。

桃花朵朵，须臾恍惚之间，仍是去年人，立于阑珊处。

桃花旖旎而来，等待的却是销魂的寂寞。

这一朵朵寂寞开放后的桃花，有了隐忍和素素然的风骨。岁月赠予了她们更为让人动心的味道，虽说饱经了人世的风霜，散发出的光芒，依旧灼灼。

桃花开到荼蘼花事了，这份寂寞，也唯有爱情掺杂进去，才能如此的石破天惊。

桃花寂寞开着，一意孤行地粉在尘世里，在秘不示人之处，那份艳凉中带着几分咸湿之气。爱上了或是被爱上，都同样泛滥着春天的情思，不顾一切地人面桃花相映红。

团转于红尘的一颗心，在这满树桃花翩跹之际，不绝于耳的，竟是落花的声音。相爱是电光石闪，相忘却是一个漫长的历程。我站在桃花下，想想前尘往事，想想桃花开，也曾欢喜过，也曾寂寞过。佛说，一花一净土，一土一如来。捻指成香，桃花流水杳然而去。情，从不知所起，却寂寞得一往而深。

荷花香里云水凉

"江南可采莲，莲叶何田田。" 六月的江南，湖中的荷叶，托举着一朵朵素洁的花朵，摇曳出自己的风姿。

一直喜欢荷花的简单，一花一叶，心无旁骛，将一段锦瑟年华，活成想要的模样。烟水苍茫，荷花悠悠地开着，带着欲说还休的哀愁，像一滴墨落在宣纸上，瞬间便洇染而开。

老家的门前有一个荷塘。初夏，篱笆下的蔷薇花，姹紫嫣红地散落在风里。一夜的滂沱大雨，溢满池塘。青翠的荷叶，浮在水面上。晶莹的水珠，汪着一泓泓清波。荷叶的清香，弥漫在空气里。微风轻拂，绿雾青烟笼罩大地。

隔了几日不见，池子里的荷花一枝枝从水底突兀地伸出。一朵朵红荷，如菩萨的莲花指，拈花一笑。花瓣深处的一点胭脂红，仿若灯下红妆新娘低头的那一抹妩媚。荷叶田田，宛如张爱玲的一个悲凉的手势，满目尽是苍翠。很是喜欢方文山形容青花"一如初妆"，素衣薄面，花瓣自嘴里冉冉吐出，天青色等的是烟雨，荷花等的是隔岸观花的素心人。

荷花开的时候，祖母搬出摇椅，坐在空旷的晒谷场，水烟抽得"咕噜噜"作响。晒谷场有几棵枣子树，树在光的照映下，有些像祖母房间的灰墙，斑斑驳驳。祖母的脸上寡寡的，一味地吸着水烟。

七八岁的我蹲在池塘边，手里是新采撷的荷叶。我伸手抓叶上的水珠，水珠"哧溜溜"地从我的指缝间溜走。我试图能够盈盈握住那些顽皮的水珠，却是徒劳。我懊恼地扔下荷叶，跑到祖母的身边。祖母放下水烟，微喟一声："傻孩子，谁能抓住荷叶上的水珠呢？"祖母的话，让年幼的我不甚明了，然而那声叹息声，重重地压在空气里，深植在我的心底。

父亲知道祖母爱荷花，每日早上必涉水采摘一两枝。祖母用一个青花花瓶供养在书柜上。书柜上祖父的遗照，一袭长衫上的纽扣，亮得耀眼。我坐在书柜下，照着祖母梳妆匣中的菱花镜，总觉得镜子里的自己，眉目与祖父竟是惊人的相似：都是高高的额头，眉宇间张扬着桀骜不驯。老家人称荷为莲。据说，祖父在世之际，非常喜欢莲。宋朝周敦颐的《爱莲说》："予独爱莲之出淤泥而不染，濯清涟而不妖，中通外直，不蔓不枝，香远益清，亭亭净植……"祖父时常吟诵。病榻前临摹了一幅"六月红莲别样红"，饱蘸的笔墨，融注了祖父多少惆怅呢？祖母的名字里镶嵌着一个"莲"字。祖父爱屋及乌，是先爱上池中的荷花，还是爱上身边的一朵莲，这对于祖母来说似乎已然不是重要的了。到底是人走了，一弯新月天如水。荷花与祖母点燃的檀香，融在一处，有着盛世的安宁和沉静。

江南的雨季比较冗长，十天半月淅淅沥沥下雨是常事。雨天，祖母会待在厨房里，煮着我们最喜爱吃的荷花粥。一撮新米，放进红枣，白木耳，红薯淀粉，几块腌制的排骨。祖母静静站在锅旁，守着不让热气扑出来。粥出锅后，祖母把荷花切碎，均匀地撒在粥上。

荷花的那一点嫣红，漂浮在碗里，生动而别致。胡兰成说："记得正月里汉阳人做棒香，一种土黄，一种深粉红，摊在竹簟上，在郊原晒香。远看还当是花，我非常喜爱那颜色。"祖母的荷花粥，就我而言，便是这种感觉，远看当是花，我非常喜爱那颜色。

祖母把粥一碗碗盛出，搁放桌上，然后吩咐我去村头叫炳爷爷。我穿着父亲的蓑衣，戴着斗笠，跑进雨中。蓑衣的棕榈，摩挲着我的肌肤，蹭着我的后脚跟，痒痒的。斗笠上的雨水"哗啦啦"自上而下，使我的心里有着说不尽的欢喜。炳爷爷住在村头的一间矮墙土屋里，我推开木门。黑暗的屋里，炳爷爷正在用竹子编制篮子。我来不及脱下蓑衣，跳着黏着炳爷爷："爷爷，是给我的竹篮吗？"炳爷爷摊开一双长满茧子的手，乐呵呵地说："不留给青丫头，还能给谁呀。"儿时，我最喜欢提着炳爷爷编制的小竹篮，到处采摘一些小野花。竹篮的青竹味，总是令我沉迷。我拉着炳爷爷，一起回家。

厅堂里，大舅公和二舅公早已端坐在八仙桌两旁。两个舅公素日不和，所以厅堂的气氛沉默得令人窒息。炳爷爷走进屋里，先向大舅公鞠躬："大少爷好。"大舅公将将颌下的山羊胡子，两只老眼笑成一条缝："好，好，炳叔可好。"炳爷爷走到小舅公的面前，小舅公不待炳爷爷弯腰，便挥手："炳叔，现在是新社会了，不作兴老礼了。"炳爷爷低着头退至墙角。祖母端着几碟小菜，从厨房出来，招呼炳爷爷坐上桌。炳爷爷唯唯诺诺，迟疑不敢坐上去，祖母和大舅公一起拖拉着，炳爷爷方屁股浅浅地挨着一点长凳。

饭后，祖母和大舅公进屋去听"王宝钏守寒窑"。二舅婆打着伞接二舅公回去了。炳爷爷到柴房拿来铁锤和斧头，叮叮当当修补凳子。我跟在他的后面，缠着他讲故事。炳爷爷从前是祖母家里的长工，自幼是个孤儿，没有念过一天的学，他陪着祖母三姐弟一同成长。土改后，村里分给了他一亩二分地，还分给了他一间土墙屋。他辛勤劳作，祖母和两个舅公家里吃的寻常蔬菜，几乎都是靠他种出来的。也不知道为什么炳爷爷一生不娶。

炳爷爷最爱絮絮叨叨祖母的往事，而这又是我最感兴趣的事。炳爷爷说起祖母的过去，一反往日的笑脸，两条稀疏的花白眉毛，像作茧的春蚕，缩作一团。"大小姐的命，苦如黄连。"他称呼祖母为大小姐已经习惯了，总也改不过来。听炳爷爷回忆，早年祖母家里，家财万贯。年轻貌美的祖母被许配给了一个秀才，就在祖母等着秀才的花轿时，那个不曾谋面的新郎竟溘然长逝。祖母守了三年的活寡，不堪婆家的虐待，偷着一人跑回家。

土地运动开始后，当兵转业的祖父响应政策下乡，遇见祖母，一见钟情。彼时，祖母一家正接受贫下中农的改造。祖父摒弃一切干扰，迎娶了祖母。

婚后，祖母自以为幸福离她近了。始料不及的是，祖父脾气暴躁，爱酗酒。喝醉了，动辄摔碗埋怨祖母毁了他的前程，以至于后来拳脚相踢成了祖母的家常便饭。祖母默默承受着这一切。不久，郁郁寡欢的祖父染上重病。祖母细心侍奉着祖父。两年后，祖父悔恨而去。祖父去世后，祖母带着父亲和伯父艰辛地生存。养尊处优的一个大小姐，转身变成了地里田里干活的一把能手。

炳爷爷说完祖母的故事，眼里的老泪簌簌地滚落下来。他的脸腮抽搐，嘴唇哆嗦着。硕大的眼泪颤颤巍巍地顺着坚韧而粗糙的脸颊流淌到嘴角、下巴颏儿，然后慢慢地滴落……

有时，看着祖母凝望祖父照片，我禁不住问她："你恨祖父吗？"

祖母幽幽地叹息："由爱而生的恨，那是一种疼痛。我与你的祖父，更多的是疼惜。你的祖父在那样的环境下能娶我一个寡妇为妻，我应该懂得他，感恩于他。"

"湖风湖水凉不管。"池中的荷花有人观赏，何必在意风来雨来。

祖母死后的第二年，在荷花送香的季节里，我邂逅了张爱玲。我读到张爱玲爱胡兰成爱到尘埃最低处，我的眼眶微微湿润，心里一阵薄凉。张爱玲因为懂得胡兰成，所以才能低眉。或许因为懂得，所以慈悲。

荷花绽放，需要有人懂得欣赏。那么爱情，是不是得有情人懂得，才能明白珍惜。

谁能真正抓住荷叶上的水珠呢。

风动，桂子香

桂花，我喜欢称其为"桂子"。花，对于桂树来说，有些俗了。唯有一个桂子，带着些许的温润与稳妥。

老家的门前有一棵桂树。一到秋天，桂子锁住秋风，一树树，一串串，濡湿枝头。白的如银，黄的似金，有着金属薄凉的质感。

桂子的香气淡淡的，不似兰花的幽香，也不如梅花的傲香。暗暗的冷香，似乎藏有一丝的古意，旧得使人缠绵。桂子的花朵，细细碎碎的。说到底了，桂子终究只是小家碧玉的气场。小小的桂子，一簇簇，挤在树枝上，莫名的心动，是爱情见了端倪的欢喜，有着寻常烟火的气息。

想起桂子，总会情不自禁地想起父亲。父亲爱喝桂花茶。

桂子香满城。母亲早早地洗净簸箩，选一个晴朗的日子，将簸箩放在树底下，吩咐我摇动桂树。树干哗啦啦摇曳，金黄色的桂子纷纷落入簸箩。我立在树底下，发梢、衣衫上尽是桂子。风动，桂香盈袖。桂子晾晒到七八分干时，母亲抱出一个玻璃罐，把桂子装进去，然后找来父亲平时写字的纸张密封好罐口。等到父亲傍晚收工回来，母亲只需打开罐口取出一撮桂子，茶叶在沸水中慢慢漂浮，沉淀。桂子遇到热水，细碎的花瓣膨胀，花香与茶香化为一气。父亲轻轻嘬一口，浑身的疲倦顿时烟消云散。

母亲做事一贯风风火火，粗枝大叶；而父亲心思缜密，比较注意细节。有时母亲打开罐子，往往忘记密封罐口。父亲端坐在八仙桌的上方，吸着烟卷，看着这一切，装作若无其事一般。次日，母亲再次端茶递于父亲，父亲故作诧异状，说："今天的桂花怎么有一股霉味，难不成你泡的是陈年桂花吗？"母亲心虚，嘴巴却是不饶人，分辩道："哪有啊，都是今年新采摘的桂花。罐子一直密封，怎么会发霉？"此地无银三百两，说着说着，母亲自己先扑哧地乐了。母亲自二姨去世以后，鲜少有笑容。父亲便时常如此开怀母亲。

父亲三岁丧父。祖母作为一个寡居的女人要依靠柔弱的肩膀养大两个孩子，实在太难了。万般无奈之下，便把父亲过继给小舅公做儿子。初到小舅公家里，父亲享了几年福。后来，小舅婆不想将偌大的家产落入父亲的手里，唆使小舅公，从她的娘家领养了一个侄女，父亲的处境日渐窘迫。土地运动，舅公接受贫下中农改造，遣散了家里的佣人。养尊处优的小舅公夫妇，依然过着悠哉的生活，父亲纯粹就成了他们家呼唤使用的小童工。父亲每天拂晓上山拾掇一担干柴，回到家烧好饭菜，送进舅公的房间，向舅公道别，方饿着肚子上学去。小舅婆经常吹着舅公的枕边风：小孩子吃饱饭撑坏胃囊容易得病。于是舅公吩咐父亲一天三餐，只有午餐吃一小半碗干饭，早餐是一碗照得见人影的稀饭，晚饭将就着一块红薯。夜里睡在床上，父亲饿得辗转难眠，躲在被子里暗暗哭泣。至今回忆起来，父亲总说没有比饿的感觉更叫人难以忘怀的了。

后来，父亲以优异的成绩小学毕业，升入初中。小舅婆再也不肯浪费她的钱财，逼着父亲放弃学业，参加社里的劳动挣工分。年幼的父亲不得不离开心爱的学校，在田间地头，他咬着牙，凭着一股倔劲，养着小舅公一家。

小舅婆领养的侄女渐渐长大了，她便一脚踢开父亲，与父亲断绝家庭关系。父亲起早贪黑地干活，最终落到如此田地。但性格使然，父亲没有向舅公索取一丝半点的家产。他节衣缩食，在舅公家的旁边搭建了一座土墙屋子，默默守护着舅公一家。

父亲的勤劳和忠厚，被外公看在眼里。外公没有嫌弃父亲的贫穷，将他招赘入门。外公的思想比较开通，父亲虽说是入赘的，可是外公却视其如亲生儿子一般，疼爱有加。就连我们姐弟仨的名字，依然随着父亲的姓。外公说，什么都是虚的，姓不过是个代号，只有血缘才是真实的。就为这几句话，父亲无怨无悔地侍奉外公的晚年。

外公喜欢旅游，喜欢一人四处游走。七十二岁那年，他不顾年岁已高，仍旧去了一趟婺源，在回家的路途中，不幸摔了一跤。抬回家，已经中风说不出话，嘴角流淌着浑浊的口水。父亲把外公安置好，为外公擦洗身子，这一做，就是两年多。外公躺在床上，大小便失禁。母亲一向有洁癖，照顾外公的任务就落在了父亲的肩膀上。每天早上，父亲必是精心侍候好外公才出门。下班回来第一件事，就是直冲外公的房间，摸摸棉絮，为外公换下干净的衣衫。然后把外公抱到院子里的摇椅上，和外公细说着这一天的工作。外公去世时，脸上的肤色红润发光。卧病两年多，身上没有一处患褥疮，清清爽爽的。外公是在梦里含笑而去的。

父亲因为是入赘母亲家，所以原本是无须赡养祖母的。但是每一年年底，父亲都会交代母亲给祖母送去一点钱。起初母亲有些怨言，嘀咕着家里的好处，祖母留给伯父一人独占，凭什么还要对祖母好。父亲劝慰母亲："百事孝为先，钱花完了还能赚。母亲只能有一个，现在不尽孝，死了想对老人好都不能。再说，等我们老了，孩子们也会学我们一样对待老人的。"

父亲的话句句在理，何况母亲亲眼看到父亲对外公的孝道，她不能反驳父亲，唯有默默支持。

祖母生病，伯父不肯拿出钱医治。伯父认为人老了终究要死的，浪费那么多钱做什么。父亲听了火冒三丈，对伯父一向毕恭毕敬的他，那天破天荒呵斥伯父："钱就那么重要吗，还抵不到一个生你养你的老母的命吗？"

父亲和母亲拉来板车，将奄奄一息的祖母送进了医院。至始至终，父亲一人照顾着生病的祖母，伯父都一直未曾露面。祖母死后，伯父闹着要父亲一起出钱置办丧事。父亲沉吟片刻，和伯父说了几句语重深长的话："照理，我是不必出这钱，可谁叫你是我的兄弟，而死去的又是我自己的母亲呢。"听了父亲的一番话，伯父的脸红一阵，白一阵，不好意思再说些什么。

那一年，我和外子商量着在县城买房。父亲召集我们姐弟仨一同回家。父亲佝偻着身子，岁月在父亲的身上打磨，留下了光阴的痕迹。父亲老了，满头的白发，凛冽地在我们面前掠过。脸上的皱纹，像后山的沟沟壑壑。父亲给我们姐弟仨一人递了一碗桂花茶，坐在八仙桌前，沉声说："老大今年买房，你们两个小的理当尽力支持。等到你们买房，老大自是也应该竭力支援你们。今生能做姐弟是缘，亦是前生修来的福气。"

在父亲这瓶润滑剂的作用下，我们姐弟仨像一条绳索，紧紧连结在一处。

起风了，桂子的香气一点一点地漫过院墙。天井飘泻着如水的清光。

日影飞去，戏入梦来

江南的戏，曼歌曼舞，美不胜收。与一出出戏曲相遇，恰如与故人良友一见倾心，云胡不喜。

秋风乍起，戏台上的锣鼓"咣咣锵锵"飘来荡去，直至沉淀于心的最深之处。

每一年的农历八月十六，小镇都会有六天的庙会，而戏班子也相继走上戏台。说是戏台，其实就是一个破旧的电影院。但凡镇里举行一些小型的晚会或是什么重大会议都会借用电影院。

吃完月饼，赏完月，节气里的喜庆依旧不会褪去。母亲和父亲在橘红的灯下，筹划家里的添置。庙会上物品琳琅满目，精打细算的母亲担心花钱没节制，总是赶在头天夜里，在一张小纸条上写满所需购置的物品。我安静地躺在床上。窗外，月色如水流泻进屋里，屋子里一片白茫茫。祖母坐在床边，默默吸着水烟。草纸卷着的烟火，或明或暗，像一条红狐的尾巴。

翌日清晨，祖母翻出箱底的墨绿衣衫。那件墨绿衣衫，祖母平时一直舍不得穿。我喜欢祖母穿这件衣服，对襟的盘扣子有着一丝古意，仿若从光阴里一点点地渗出。肤色白皙清瘦的祖母，最适合墨绿色，满目苍翠而温润。匆匆忙忙吃过早饭，祖母带着我一同去看戏。电影院在小镇的老街，两旁木板房，藤蔓爬满了低矮的围墙。祖母缓缓地一路看过去，这条老街铭记着祖母太多的回忆。偶尔遇到白发苍苍的阿公或阿婆，他们见了祖母，一脸的欣喜："回来看戏啊。"祖母神情怅惘，微微一笑。

检票进电影院。电影院里白炽的灯暗了，锣鼓声"咣咣锵锵"响起来，一个穿着长裙的花旦女子，挥动着水袖，"咿咿呀呀"地在台上唱着。台上的灯光极为暗淡，唱词在台旁的黑白墙上滚动。祖母眼睛微微闭着，随着台上的花旦，轻轻地和着，瘦峭的左手拍打着大腿。那一刻，十几岁的我有些恍惚，仿佛祖母从台上的花旦，化身坐在身边。我悄悄走出电影院，电影院的门前有一棵高大悬铃木，阳光在树上跳跃，叶子之间盛满了足印。

后来，父亲去县里，买回了收录机。我记得父亲买的第一张碟子是越剧《梁祝》。我一直偏爱于越剧。京剧太磅礴，气势太强。黄梅戏又太欢快，似陌上热闹的野花，太过于张扬。唯有越剧，唱腔温软，柔柔如同一条小蛇，游进心里，薄凉薄凉的。越剧花旦何赛飞，她的唱腔，真的是抓住了越剧的精髓，她与茅威涛唱《梁祝十八相送》，韵味醇厚。祝英台旁敲侧击询问梁山伯的婚配。梁问："贤弟替我来做媒，但未知千金是哪一位呀？"祝唱："就是我。"绵绵的音拖过后，突然峰回路转似的唱道："就是我家小九妹。"把一个生动的祝英台演绎得俏皮可爱，隔岸观花，忽然就怔住了。清扬的声音，分外悠远深美。一波未平一波又起，容不下俗念。十几年后在电视剧《孝庄秘史》见到何赛飞，声线中依稀有着当年的一滴绿，满目山河空念远，这样的人不唱越剧，直教人叹息动容。

二十岁那年，我在一个小山村教书。学校里有一个女老师，模样俊俏，我整天黏糊着她，两人好得似穿一条裤子。女老师家就住在学校的附近，他们村子里有一个祠堂。祠堂呈长方形，红砖黛瓦，祠堂的四角琉璃瓦高高地翘起，像路过的凤凰停驻于此休憩。庄稼户忙完了田里的农活，闲散下来，村里人从外地请来了戏班子。晚上，我和女老师顶着寒风在祠堂看戏。

祠堂乌压压的一片人，村民们磕着南瓜子，一边低声窃语，一边看台上的戏。老实说，我未曾见过这样看戏的场景。我以为看戏就得像祖母那样素素净净地端坐着，静静地听着。而且那晚的戏唱的是弋腔，远远地，我只迷糊地听到老生和花旦不停在拌嘴。花旦居然连水袖都不会，胡乱地甩了几下，竟甩翻了旁边丫鬟手上的帕子，惹来了台下村民善意的喧哗。这样看戏，倒是也非常别致。

恋爱的时候，依旧青睐于听戏，我们一起去看戏。他骑着单车，我坐在车后，环绕着他的腰，风里氤氲着似明似暗早春的气息。烟火的味道，直教人沉溺，无法自拔。他在前面浅浅地一直呼唤着我的名字，我轻轻地一直和着。早春的三月，烟柳依依，带着一种颓迷和朴真。我们的声音如同柔美的绿色，晕染在江南的古镇里。

岁月如河。在光阴的河岸中，戏就像一条银色的鱼儿，自顾自地游荡在我与它的交会因缘里，种种因缘都汇成了一道最亮的光源，我热爱着。

那些花儿，远去了

十五岁那年，我负笈求学，一人独自离开老家，来到小镇读书。

小镇虽然不大，可是历史悠久，早在明清时期，便享誉大江南北，是江西的四大古镇之一。当年小镇"货聚八闽川广，语杂两浙淮杨，舟楫夜泊，绕岸灯辉"的繁华景象，我们无缘见到，也只能在书中暗暗想象一番。

我们的学校在金鸡岭。相传南宋时期，辛弃疾奉圣旨远征。一只雄鸡在此嘹亮地鸣叫，为辛弃疾吹响号角。后来此山就称为"金鸡岭"。学校与对面的鹅湖书院，遥遥相应。我们女生宿舍大楼坐落在一个四合小院子里，院子里有一棵柚子树。五月，冷热浓淡相宜，适合柚子开花。树木葳蕤，白色的花朵散发着不绝于缕的香气。那香味，起初羞怯怯的，但到了最后，像是一个开怀的女孩，顾不上矜持，肆意地将一大把一大把的香甜送入我们的鼻间。

一间小小的宿舍，住着八个来自不同乡镇的小姑娘。琴是我们的宿舍长，也是班里的学习委员。清瘦的个子，戴着一副金边眼镜。据说她的父亲是建筑设计师，小镇最豪华的商业大厦就是她父亲的杰作。琴不太多语，藏着心事。她的伯父在北方教书，她的父亲一

直在帮她办理转学的手续。琴不太情愿远离家乡，但是不敢拂父亲
的意愿。

　　我和琴都比较钟情于柚子花。每到傍晚，两个人不约而同地拿
着书本，躲在树下，看花朵落在书页间，飘下一阵幽香。琴喜欢看
一些杂文，而我喜欢一些散淡的文字，我们经常为彼此的观点争执
得面红耳赤。突然有一天，琴一反往常，她凝望着柚子花不语。我
陪着她一起，嗫嚅数次，不敢轻易张口。年轻的心是敏感的，我洞
悉分手最终还是来了。风扬起，柚子花飘落在我们的肩膀上，发梢间，
晕染着一层层秘不示人的气息。一波接一波，柚子花仿佛永远落不
尽。沉默良久，琴对着我忧郁地笑了笑，道："青儿，你帮我摘下
那枝最香的柚子花。我下个月就要离开这里去北方上学了，我要把
花香和这里的回忆一并夹在我的书中。"

　　我抬头望了望柚子树，一股豪气自丹田喷薄而出。我跑去传达
室，借来一架楼梯，卷起了袖子，登上梯子。我折下一枝柚子花，
欣喜地朝着树底下的琴摆动，喊道："你接着，我扔下来了。"柚
子花晃晃悠悠地落在地面。可是这时，老师来了。

　　第二天，我和琴罚站在教室的后面写检讨。那份检讨，我们两
人写得一模一样的，然后抄得工工整整的交给班主任。

　　多年后，琴在南京大学做讲师。我问她，那次为什么要我折柚
子花，害得两人罚站？她在电话的那端沉吟许久，才似答非答地说，
花儿远去，暗香如昔。

　　"花儿远去"，多么触目惊心的惆怅。"暗香如昔"，光阴苍茫，
却是温馨永恒。

　　到了十月，学校每个星期六晚上会放映一场电影。电影院在小

镇的中心，离学校不远。我一向对室内电影不感兴趣，乌压压的一片人，拥挤在密不透风的某一空间，说有多无趣便有多无趣。而且我那时贪睡，晚上熬不到八点，便会呼呼睡去。我的嗜睡是出名的，瞌睡来了，站着都能睡去。但是我又不能不去看电影，每场电影，班主任都要求我们写一篇观后感。

在学校食堂草草地用过晚饭，上官和芳架着我就往校园外拖。

江南的冬天比北方冬天冷。北方的冷是干的，而我们南方的冷是潮湿的，冷气直入骨子里。

乌云黑压压的，不一会儿，雪花纷纷扬扬地飘着。风吹过上官的头发，撩起她略微自然卷的刘海。她的脸圆润，肌肤胜雪，是一个俗世妙人。都说江南山水灵秀，养出来的女孩个个是枝花。芳的五官精致，她的全身散发着早春玉兰的冷香。小镇素有"九条街十二个弄"的雅称，蜿蜒曲折。我们绕过了一条弄堂，脚下的青石板，历史的车轮碾出一道道岁月的痕迹。不远处，是一家旧旧的院子。上官停住脚步，故作神秘，转身问我们，知道这是谁家的院子吗？

我和芳仔细地打量了一番，一起摇头。上官得意地晃着脑袋："孤陋寡闻了吧。这是甜歌皇后的外婆家。我们小镇的骄傲。"

芳抿嘴一笑，道："谁能确定呢，众说纷纭。你这又是谁的版本？"

"山不在高，有仙则名。水不在深，有龙则灵。"名人效应，在哪里都是香饽饽。小镇亦不例外，自从甜歌皇后红了，哪一处都爱扯上她的名字，似乎她的足迹踏过了，理应就是名胜之地。

上官听完芳的话，急得忙着分辩："这是真的，我姐姐同学的姐姐和她是同学，说的绝对没错。"

雪花愈来愈大了，地上铺上一层厚厚的棉絮。

我和芳无奈地对着上官说："好吧，就算你是对的。我们几个不去看电影，躲在这里闻什么甜歌皇后的空气，星期一的观后感又不是写歌唱家。"

上官仰头，嘴里热气呼呼而出："非也，非也。蜡梅雪天开放，你们不想看吗？"

梅花，我的心牵动了。长这么大，我还没看过呢，只在书本上瞻仰过她的风姿绰约。"墙角数枝梅，凌寒独自开。遥知不是雪，为有暗香来。"王安石的咏梅脍炙人口。《红楼梦》第五十回中，宝玉折了一枝红梅："这一枝红梅只有二尺来高，旁有一枝，纵横而出，约有五六尺长，其间小枝分歧，或如蟠螭，或如僵蚓，或孤削如笔，或密聚如林，真乃花吐胭脂，香欺兰蕙。"曹雪芹不愧为名家，把梅花的魂与神描写得淋漓尽致。自古诗人写道："梅须逊雪三分白，雪却输梅一段香。"梅花清雅俊逸，冰肌玉骨，是我所仰慕的。

我们推开虚掩的院门。或许是雪天，院子里寂静，独有雪花飘落的声音。果真有一棵梅树，人还未走近，淡淡的梅花香气，似有若无，直扑鼻间，沁入心脾。冷风初定，树影影影绰绰，斜斜地横插进内院。我们伫立在树下，梅花的清雅击中了我们心底。那晚我破天荒没有一丝睡意，站到半夜才离去。

那些花儿真的远了，远在了那些懵懂的少年时代。而天边一轮明月相照，在惊醒的午夜，有桂花，有雪，还有梅香。

此去经年，高中毕业后的上官在小城摆起了地摊。那天我和芳经过她的摊头，两人站在巷子的拐角处，谁也没去和她打声招呼。上官蹲在水泥地上，低着头摆放着小饰品。不知道她是否记得雪夜探梅？梅花在我们的心底，在我们记忆中，留下的唯有一股清香而已。

　　花儿远去了，在时光中，我一路追寻着，追寻她的旖旎。

木槿处处开

（一）

夏天已尽。

满以为夏天的热潮退去，立秋时节的天气总该凉爽了。岂料，秋日的温度与夏季如出一辙。秋老虎以一种不可遏止的速度，飞扬跋扈地在古镇安营扎寨。

而趋之若鹜的燥热在空气里蔓延，教人饱受了秋的肆虐狂躁，坐立不安。任凭你恨得牙根痒痒的，却自始至终不知找谁出气。

我坐在车子里，望窗外飞驰而过的风景。儿子依靠着他父亲的肩膀，低头想着心思。唠叨的话说多了，怕引起儿子的反感，我和外子默契般地三缄其口。我们一家三人看似平静，实际上，暗潮汹涌。

儿子的自理能力一直都很差，这次外出读书，虽然我们心里有万般的不舍，但是还是义无反顾地决定让他锻炼锻炼。钢铁只有扔进火中，经历过烈火的淬炼，方能成形。儿子娇嫩得就像刚从鸡蛋壳里啄出来的小鸡，他渴望着一个崭新的世界，但又惧怕着暴风骤雨的洗濯。

公路两旁，一垄垄的稻田掠过车窗，碧绿的稻子抽着新嫩的穗儿。苍翠的甘蔗地里，长长的叶子，舒展在风里，猎猎作响。柿子树上硕大的果实，日趋成熟，宛如一个个小灯笼挂在树枝。

一路的风景无心欣赏，一路怀着心事，我忧虑地望着儿子。突然，窗外一抹紫色的云霞映入我们的眼帘。

木槿花，是的，开在秋天里最后的木槿花。

木槿在老家是一种低贱的植物。它不需要刻意地栽种。在春季里，用剪刀剪下枝桠，随意地扦插在泥土里，它就会自顾自地循序渐长。木槿花的生命力极其旺盛，它像蒲公英的种子，无论是贫瘠的土地，抑或是偏僻的山疙瘩，种子飞落在哪里，哪里便是它生长的地方。只要有一点风讯，木槿花便会开在陌上，田埂地头，紫红色的花朵在风中顾盼生姿。像花瓣一样俏丽的枝叶，摇曳着夏、秋两季的烂漫。在花朵的背后，一层细细的绒毛，熠熠闪耀着一圈圈淡淡的光晕。木槿花储存着浓浓的两季情愫，堆锦簇绣，纤霞霏霏，从夏天到秋天，绽放着温柔与美丽。

（二）

多年前的八月，我中考落选。

我一人躲在后山的桃林，黯然伤神。那一刻，我觉得我的天塌下来了。人生多么黑暗，我看不到未来的一丝丝光明。十四岁的我过早地尝尽了"天凉好个秋"的个中滋味。

那个年代，在农村中专落榜，意味着给读书时代画上句号。你得卷铺盖，和许许多多的村人一同下地干农活，然后等着媒人上门，结婚生子，过着亘古不变的农妇生活。我不想过那样的生活，父母也不愿意我重蹈他们的覆辙。母亲四处张罗我的工作，父亲整天皱着眉毛，闷头抽烟。我的落榜，彻底地打乱了他们的计划。

那时候在学校里，老师经常说我是"墙内开花，墙外香"。我十二岁在市报刊发表文章，作文在学校一直是同学们的范文。每一次学校的比赛，都少不了我。我是大家眼中的"才女"。班主任和各科老师在中考前向我的父亲担保，保证我一定能考取中专。可就是这样一个种子选手，居然落榜了。

我欲哭无泪。我知道自己是败在了整天胡写文字上，在最后冲刺的时候，我洋洋得意地忽视了学科知识。

我不想面对家人，不想面对我身边熟悉的每一个人。我决定离开这里，离开小镇，去浙江的二姨家避一避。

我把自己的压岁钱从箱底搜罗出来，简单地收拾了行囊，趁着家人不在，留了一张纸条，独自踏上了去浙江的路程。

我先在车站搭上公共汽车，去火车站坐火车。买好火车票，一人孤单地检票出车站。

火车"咣当咣当"地启动了。嘈杂的轰鸣声，让我的心底涌起了悔意和害怕。我坐在车厢里，看见家乡渐行渐远，我的泪水哗哗地肆意流淌。车厢里热气腾腾，每个人散发的汗液味与各色各样的气息混杂在一起，熏得我头晕晕的。我靠在车窗旁，望着窗外的山与稻田被火车远远地抛在车后。

华灯初上，我又累又饿在浙江衢州下车。在陌生的衢州车站，站在熙熙攘攘的人流中，一瞬间我突然醒悟。人真是一个奇怪的矛盾体，一个纠结了许多天的问题，我始终郁郁不得解。而在那个瞬

间，我突然如同小僧开窍。在那个陌生的城市，人流如海，我感觉
到了自己的渺小，在天地万物面前，我不过是一粒轻微的尘埃而已。
在茫茫人海里，谁还能认识那个骄傲的我呢？天地幽幽，物序流转。
我不甘心随波逐流，我的渴望蠢蠢欲动着，像春天里泥土中的木槿，
春风轻轻地一吹，生命的活力便一下露在了枝头。

我想着回家，掉头又走进站台，补了一张回家的火车票。

回到家里，家里闹哄哄的，乱成一团。那个年代，没有手机，
父母根本无法联络到我。当我疲惫地站在家门口，父母都惊呆了。
母亲流着泪，不停地呼唤我的名字。我坚定地对父亲说，我要读书，
继续做我的优等生。

家里筹备着我去读高中。高中离老家近一百里路，我的身子从
小就比较羸弱，父母对于我的远行，都有些担忧。临近开学的头一
天早晨，父亲带着我走到桃园，桃园下的荷塘边，木槿花热烈绽放。
父亲指着木槿花说："青儿，还记得春天我们一起扦插木槿吗？"

我怎么会忘记呢？

三月的木槿，旁逸斜出许多细小的枝条，父亲用剪刀剪下枝桠，
我把木槿的枝条扦插在池塘边。几个月过去了，木槿繁花似锦，纤
弱的主干，错落有致。风过，树叶扑簌，花朵欢快地点着头。木槿
旁边的一棵玉兰花，是父亲从院子里移栽而来的。或许是父亲疏忽
了对它的呵护和照顾，长得病恹恹的，细脚伶仃，没有一丝精神气。

父亲背对着我，语重心长地说："我不想你做白玉兰，我只想
你做一棵普通的木槿，无论身在哪里，都能顽强地快乐地生长。活
出自己的身段，自己的姿态。"

如果没有浙江那次远行，父亲此时的话，我不一定能听进心里

去。但是我经历了一次疼痛的蜕变，父亲的话，我深深地牢记在心。从此，不管山长水远，不管尘世的牵绊，我都要如同木槿平平淡淡地，快乐活出自己的姿态。

（三）

我望着坐在身边的儿子，心里满溢出无限的爱意。我也要学着父亲，把那句话，真诚地送给儿子。不论身处何地，你的快乐，才是活着幸福的姿态。

我恍惚看见，老家的木槿一朵朵，一树树，扑面而来。紫色的云霞，铺天盖地地铺满了我的心房。

春天的清明

（一）　清明、青草和昆虫

　　每年的清明，我们像迁徙的候鸟从四面八方赶趟似的投奔乡下老家。老家，有我们熟悉的生活气息，也埋葬着我们最亲的亲人。地上的，地下的，我们只能借以清明的节日汇聚于一起，让家族的根脉得以承传。活着的我们有如一棵树上的枝桠，不论散落何处，最终都会叶落归根，埋进土里。

　　在中国的二十四节气中，我觉得清明是最生动，也是最具有智慧的创造。据《岁时百问》记载：万物生长此时，皆清洁而明净，故谓之清明。古人以为，山水同在为清，日月共存为明。清明不仅窥破生与死之间的纠葛，也以生生不息的形式来熨帖我们对时光的追忆。

　　我们是被风吹进村庄的。

　　与我们一同吹进村庄的还有青草。

　　泥暖草生。草不择地，它与我们人类一样，只要有泥土的地方，就能开枝散叶。草的种类繁多，大多数没有名字。这个时节最常见的是鼠曲草、青蓬草、刺玫。它们密集在路旁或是田埂，仿若家具中的榫，恰到好处地黏合了泥土之间的缝隙，加固了路基。老家人喜欢在清明的前几日，采集鼠曲草或是青蓬草洗净后放入开水中烫熟，拌入粳米浆，揉捏成清明粿。刺玫的花朵要等到五月才绽放，新抽出的嫩枝，一往无前地向上生长。一棵草挽着一棵草，我们的鞋底渐渐地沾上了绿意。掐一根刺玫的嫩枝噙在嘴里，酸酸甜甜的味道，顿时就在心底荡漾出春天的模样。

一只鞘翅目昆虫被风吹落在我们的面前。它的形体如一颗蚕豆，上半截的身体是红色的，下半部像是被青蓬的汁液染成的粿。一红一绿，像极了穿红戴绿招摇乡间的媒婆。它有一个很通俗的名字：媒婆虫。媒婆虫是生活在田间的虫子，喜欢躲藏在西瓜叶子里。我们家里曾种过一亩西瓜地，媒婆虫爬满了整片瓜地。人走进瓜地，受了惊吓的媒婆虫铺天盖地地飞起。

眼前的媒婆虫静静地趴在地上，一动不动。我走上前，像小时候一样，用两根手指头夹住它身体的两侧，抓住了它。

在乡间，植物不是拿来评头论足观赏的，人们考虑更多的是实用性的价值。庄稼是人的果腹之食，植物的叶子、根茎以及果实喂养牛羊。但许多昆虫则不同，它们不仅能传播花粉，使植物结出果实，有时也是孩子们的玩物。譬如蝴蝶、蚂蚱、蜻蜓、蝉、甲虫、萤火虫等，它们的性格因为向来温驯，不会给孩子们的身体造成伤害，故而孩子们玩起来得心应手。

记得小时候，我们放学后经常绕道去村卫生院。在卫生院的后院，堆着许许多多的玻璃药瓶。我们把逮住的媒婆虫的翅膀用剪刀剪掉，装入玻璃瓶中把玩。玩腻了，就打开塞子，放出媒婆虫。失去翅膀的媒婆虫在地面上苟延残喘，一旁的大公鸡虎视眈眈。最终，媒婆虫逃不过大公鸡的铁嘴，一饱鸡腹。当书包里藏着的玻璃瓶空了，我们就会心急火燎地等着装夏天的萤火虫。

（二） 狗和乡音

我们身上散发出某种陌生的气息揉进了风里。狗的嗅觉尤为灵敏，它们最先闻到了这种气味。

起先，是一只老态龙钟的黑狗撵在我们的身后狂吠。它浑浊的眼睛溢出村庄的影子，村子离不开狗。狗跟随着村庄兴盛衰败，村庄看老了狗。

很久以前，我们的先民沿着信江河水一路西行，来到此地，觉得水土丰美，就携妻带子地居住下来。他们夯墙盖瓦，围院子。忽一日，他们发现自己出门耕种，家里的财产得不到保障。于是，他们养狗看护家门。

狗像人一样长大，一样老去，又一起绵延出新的生命。村庄就在狗与人的绵延中，兴衰更替。我们不理会狗的叫唤，继续前行。不一会儿，又转悠来几条狗加入老黑狗的行列。我们举起木棍，虚张声势，试图驱赶它们。

乡村的狗并不凶恶，但它们似乎研究了游击战的十六字诀，谙知战术。我们往前走，它们后退；我们静止不动，它们就站在原地与我们对峙，还时不时地吼叫几句，造成声势想唬住我们。

听到犬吠，母亲从屋子里走出来，对着那些狗低声呵斥："瞎了眼的狗，自己人都不认识。"

狗听懂了母亲的话，难为情似的呜呜叫了几声，蹭着我们的裤脚边，亲昵地朝我们摇尾乞怜。

突然想起母亲从前教我对付狗吠的奇招。母亲说，狗是村庄里最有灵性的动物，它们能分辨出村庄的语言。而我们每到一个村庄，只要用村庄的语言和狗交流，狗就会认定我们为主人。这个招数在我们小的时候，屡试屡灵验。

只是现在，我们不敢贸然使用母亲的招数。即便我们能回忆起乡音的发声，但腔调中潜藏他乡口音，狗岂能不识破这伎俩？

老家人经常说，嫁得掉的女儿，卖不掉的乡音。一个人，有千万条的选择，唯一不能选择的便是出生。生在哪里，喝哪里的水，吃什么样的粮食，一切都是板上钉钉子，命中注定。十里不同风，百里不同俗。属于家乡的方言口音，从我们一出生，它们就在那里等着我们张嘴。方言没有文字的记载，我们只能转动灵活的舌头，在父母等亲人密不透风的口传中代代传承。

然而，人类在自然环境中存活，很多时候由不得自己。为了适应生活的节奏，我们有时不得不学蜥蜴，不停地改变自身的颜色。一旦我们离开了故里，到另外一个地方谋生，口音自然会入乡随俗，不假思索地融进新的一种语言中去。

在口音上，我觉得自己处于故乡的边缘。

客居他乡十几年，没有学会当地的方言，家乡话也变了味。每次我与当地人交谈，他们依旧能循着我的口音，破译出我的家乡以至于疏离我。而在故乡，我的口音再次泄露我的尴尬身份。村民总是嘲笑我是稻田中的稗子，看上去和秧苗长得一模一样，却注定被尘风扬起。

"老乡见老乡，两眼泪汪汪。"一个游子漂泊在异乡，寂寞的不单单是肉体，更多的是来自于乡音乡情的语言思念。在茫茫人海中辨认出同乡，最先传递出讯息的多半是从一口熟悉的地方口音开始。

一个地方的语言，独一无二，而在口音的皱褶之处往往都埋藏着不为人知的风土人情。

故土难离。我们与故乡相濡以沫，相忘语言。

（三）　庙和炊烟

黄昏逼近。天边有一点浅淡的霞光，像是颜料中的朱膘调入钛白不小心晕染在宣纸上，漫漶不清。

母亲下厨点燃柴火，准备我们的晚饭。父亲站在门前，问我要不要出去走走。

每次回到家，踩着这个点围绕着村子游走，已经形成了我多年的习惯。走出院门，听见父亲的话飘落在风中：后山的社公庙重新建了。

在我很小的时候，村子里的社公庙就被村民拆了石板搭作了小桥。印象中，社公庙坐落在一棵大樟树底下，几块红石板呈环状简易垒成庙的样子。庙内安详地坐着社公公和社婆婆两尊神像。

在乡间，但凡能留存下来的建筑，大抵都是有着不同寻常的历史。我曾向村里的老人打听庙的历史，但没有一人能说出个子丑寅卯。村人自有他们自己的一套哲理，说得出说不出所以然没有什么关系，只要神像能如村民所愿，保佑事事如意，村民就拱手相让城池，供奉他们。

清明的时候，江南春光已深。山岗上的杜鹃抵不过一夜的杨柳雨，花瓣纷纷栽落在杂木中。梧桐树枝上的浅白花苞，在春日紧锣密鼓的敲打下，洇开一层又一层堇色的纹理。樟树、杉树如层层递进的句子，浅绿深绿，一簇簇地铺展，它们的树冠一日比一日膨胀。树枝上的鸟由惊蛰时最初的试嗓声到眼下的脆亮，此起彼伏。

我站在山岗上，望见社公庙初具雏形。三块红石搭成一个凉棚，上面立着一个水泥小兽。大樟树底下竖着来不及供奉的社公公、社婆婆的雕像。石雕上的人物虽然不够精致，但眉目慈善，如寻常老人，没有高高在上的威严。燃烧着的香火簇拥在雕像四周，发出浓郁的香味。

没来由的，想起了《红楼梦》里"村姥姥是信口开河，情哥哥偏寻根究底"。刘姥姥讲红女雪中抽柴的故事，引发出宝玉的痴情，派茗烟去郊外打听庙，偏是未果。倘若曹雪芹可怜宝玉的一番痴心，那庙定是与眼前的社公庙一样亲切。谁又能确定，当初的社公公不是凡间俗子演化成神仙的呢。

像中国所有的古老村落家族文化一样，我们村庄的守护神无处不在。大多数的中国农民，骨子里都有一股坚韧的性格。无论遭遇生活中何种状况，他们的内心都有信仰和希望在跳动。这种信仰和希望给予他们安全感。所以，他们常常将生活中某些人物神秘化，供奉敬为神。他们一方面敬仰神，对神谦卑恭顺；一方面对神却有所企望，希冀生活中不能掌控的事情，能通过神的无边法力得到满足。

天下熙熙，皆为利来。

蜇身下山岗，我竟然闻到了炊烟。一缕缕炊烟袅袅升起，像是从屋顶上烟囱里飘出的云朵。小时候，每每在外面和伙伴们玩得天昏地暗时，母亲总是站在院门口，大声叫唤我们的乳名。风将母亲的声音传得很远很远，也将家里饭菜的香味托付炊烟迅速地快递到我们的鼻间。

（四） 树在，天地在

一夜无梦，在各种鸟的啁啾中醒来。院子里栽了两棵枇杷，家雀、竹雀、白面鸟、斑鸠，还有一些说不上名字的鸟儿，齐聚在枝头，呼朋唤友。

吃完早饭，特意去米缸里抓了一把米，撒在了枇杷树底下。我们人填饱了肚子，不能饿着鸟。

父亲已经收拾好上山扫墓的香纸。我们跟着父亲去后山，后山的桃园埋着外公、外婆，半山腰有祖母的坟墓。

桃园是在外公手中建成的。很多年前，园子里数十棵桃树会在一个春夜忽然乱了阵脚。一大片一大片的粉色像是泛滥的少年之梦，撩拨了我们的心。可惜桃树寿命短，而多汁的果子在雨季难以保存。父亲以一个木匠的眼光，砍掉桃树，种上竹子和杉树。从此，我再也没有见到过声势那么浩大的桃花。

父亲点燃地上的纸钱和锡箔纸扎的宝马香车。想起头天和外子去镇里购买祭品，商店的门口摆着大大小小的纸盒，触目所及皆是琳琅满目的祭品。站在店门口，我们束手无策。店老板的女儿殷勤地搬来纸扎别墅、跑车、电饭煲、冰箱，不一会儿，我们的面前成了一个现代化奢华物品的展览。我们购买了大量的祭品，似乎是为了满足自己日益膨胀的虚荣心，而无暇顾及先人实不实用。

父亲点着祭品，我们用木棍敛声屏气拨弄纸钱。冥冥之中，觉得四周的天空都在轻轻地叹息、颤抖。沉睡大地许多年的灵魂，因了我们身体内流动的血脉，在暗处秘不示人地展示他们的鲜活与生动。而燃烧的纸钱作漫天飞舞之状，像是飘起了灰色的雪，它们纷纷扬扬落在了竹梢。

一竿竿竹子，删繁就简，恣意吞吐春天的翠绿。树下，一根根肥硕的竹笋顶破泥土，长势迅猛，一天一天都是生动。

据说竹子前四年的时候并不急于长高，它们将营养全部贮存于根部，使其牢牢扎进土壤，延展数百平方米。直到第五年，它们才开始以势不可挡的速度疯长。竹子的生长多么像我们的乡愁，年少无知时，我们一味地安享村庄带给我们的快乐与温馨，当年岁渐长远离故乡，那些村庄留给我们的回忆就像疯长的竹子，每时每刻都在不停地蛊惑我们的情感，令我们欲罢不能。

春天的火车轰隆隆地驶来。一头连接着时光的深处，让我们继续怀念；一头驶进清明的远方，充满生机与期盼。在春天的清明，在生与死之间，我们触摸到旧时的情怀与未来的希望。

一朝春醒，万物清明。清明来了，天地朗润，蒙翳退尽，草木葳蕤。

台湾作家张晓风说："树在，山在，天地在。我在，你还要怎样更好的世界？"

一种美好的心情就此开始。

花事

　　我喜欢种花，这一点是毋庸置疑的，熟识我的人皆称呼我"花痴"。整条街开门做生意的，唯独只有我的服装店里摆满了花花草草。无事的时候，我就爱侍弄那些花草，帮它们除草，施肥，浇水。家里五平方米的阳台，每年花开的季节，总是春意盎然，花团锦簇。康乃馨、月季争艳开放；茉莉、兰花，芬香馥郁；朱顶红和杜鹃不甘示弱，绽放出最艳丽的一抹红。

　　我是外公带大的，自幼受外公的耳濡目染。爱花的外公退休后，在家里养了许多花草。后来家里的后院实在是摆放不下花盆，父亲就帮外公搭建了一个小小的花房。一年四季，花房里姹紫嫣红，花香飘溢。晴天的日子，花盆被我和外公搬到院子里晒阳光，看着一盆盆花在阳光下恣意生长，心里总有说不尽的欢喜。花儿的盛放与凋零，都是同样令人屏息的美丽。每朵花，只有一次开花的季节，不论繁华与凋谢，落地的总是花开的声音。

　　漫长的冬天过去了，厚实的棉袄换上了春天的薄衫。窗前的桦树，新绿爬上了枝头，长出了嫩芽。种花的心便开始蠢蠢欲动，焦躁不安了。

去年的四月，我在百度搜索图片，无意间撞入了一大片蔷薇花海中。刹那间，我窒息于这片美丽，蔷薇花义无反顾地开出一朵朵娇艳的花儿，粉红的、嫩黄的，形成了一个方阵，犹如洪水般席卷了我整个心灵。

为了得到蔷薇花苗，我跑遍了小镇的花市，却是芳影觅无踪。

难道我与蔷薇无缘吗？我不甘心放弃我和蔷薇的缘分。从这以后，所有来店里的顾客，都得按捺住性子，接受我不厌其烦的盘问。

功夫不负有心人，在我询问第六十五个顾客之时，有一个顾客一边偷偷地发笑，一边告诉我，她家刚从上海移栽了两棵蔷薇花。我迫不及待地露出无赖的模样，乞求她送我一棵花苗。

那个朋友吃吃地说："你这花痴真的是着了魔。我才从上海弄来的花苗，怎么舍得送你。蔷薇是扦插植物，等来年，我剪一枝给你。"朋友信誓旦旦地许诺，我却以小人之心度君子之腹，我生怕她到时反悔，巴巴地用店里的 VIP 贿赂她。

许是我的痴傻感动了那个朋友，她没有食言。

今年情人节的第二天，她给了我一个惊喜。望着手里带土的蔷薇花，嫩黄的叶子参杂不齐，枝干上长着细细的刺。那天，我关了店门，特意跑了一趟陶瓷店，买了一个最大的花盆。花盆有了，种花的泥土却是找不到。我所居住的小镇，到处是钢筋水泥地。

外子和我侦查了一天，终于侦探到县医院对门的一家花店，门口堆积了一堆黄土。我欣欣然地跑去花店，向老板娘讨一盆泥土。老板娘见我不买她家的花，单单索要泥土，爱理不理地一挑眉："门口的泥土，我可是花了高价用车拉来的，总不能白送你。"好吧，为了我的蔷薇能够缠绕阳台，开出那些迷人的花，无奈的我不得不又在她家的店里，挑了几盆花。这下老板娘喜笑颜开，数着钞票说："晚上你来挖土，白天不方便。每一个顾客都来挖店里的土，花店还不亏了呀。"

傍晚时分，我和外子吃完饭，两人走出门一起散步。在小区的一个拐弯处，一家理发店的门前赫然一束火焰在燃烧。我迅速地跳到店门前，几朵细碎的花，开得如火如荼，红得耀眼。我腆着脸，笑嘻嘻地打听花的名字。

年轻的老板娘嚼着口香糖，鄙夷地看了一眼花说："谁知道我家老太婆从哪里弄来的这盆花，碍手碍脚的，你想要就端走，我正想扔了它呢。"

我喜出望外，手舞足蹈地对着外子大声叫道："傻站着做什么，赶紧下来搬花。"外子素知我对花是痴迷到了无药可救的地步，因而他从不反对我养花。孟子曰：近朱者赤，近墨者黑。受了我的熏陶，他也爱上了种花。

晚上九点，店里打烊，我和外子准备好小铲子。家里花盆里的泥土都是早几年前的，土壤板结，泥土贫瘠化，栽在盆里的花，瘦瘦的，一副营养不良的样子。外子到阁楼上找了几个大塑料袋，趁着夜色，我们直奔花店。两人像小偷似的，悄悄地不敢惊动街人。外子喘着气挖土，转头问我："孔乙己说窃书不算偷。你说我们挖人家的土算不算偷？"我暗笑，怎么算偷呢，我提前告知人家的，不过是多拿了些而已。

泥土的重量，比我想象中还要重。我甩着手，就着街灯，看见自己的手掌中红肿了一片。眼见与外子的距离越拉越远，我一屁股坐到地上，明知他手上的两袋泥土更重，我蛮横无理地要求和他换袋子。外子没作声，他把我扔在地上的两个小袋子提起就走。我跟在后面追他。倘若在白天，路人看着都觉得有趣，幸好是晚上，街上只有几家店铺亮着灯，店里的人都惊异地看着两个外表斯文的人像做贼似的提着袋子匆匆而过。

打开家门，外子和我马不停蹄地把蔷薇花种进花盆。外子细心地把花盆洗净、种植、下肥、培土。

我在屋子里忙着煮一壶茶。茶水沸腾了，花也种好了。两个人坐在阳台上，品着茶，欣赏着我们的杰作。整个小城，寂然无声。两个傻子静站在花下，心里开满了一朵朵花。蓦然，外子想起，那盆燃烧的花，一直还不知什么名字。于是，我们赶紧又搜索百度。"天竺葵"三个字扔进心湖，激起了我们的涟漪。火焰般的花朵，竟有着如此禅意的名字。

阳台上的康乃馨羞答答地开着，散发着温馨的香气。朱顶红的花蕾包裹得紧紧的，怕是这几天也要绽放了。原来，我们只要给植物一点点充分的阳光和水分，它们就会还报于我们怒放的芬芳。

我和外子相视而笑。我们的生活不是很富裕，但是我们拥有一些不断花开的植物，一些偶尔能够坐下闻闻花香的闲暇时光。当然，还有一些小小的欢喜，这些，足矣，夫复何求？

席慕蓉说："凡是美丽的，总不肯，也不会为谁停留。"我不敢奢望用自己的微薄力量去挽留住世间的种种美丽，可是我愿意把生活中的一些小欢喜、小薄凉、小沧桑、小珍惜，深植在时光的花盆里，等待着春暖花开之际，就着香气，和我爱着的人，坐在摇椅里慢慢地分享，慢慢地一起老去。

在花下，我实在是一个很知足很幸福的女人。

第二辑　小喜

　　一些秘不示人的风情，在时光中，仿佛黑夜里的一块玉石，温润可心。

夏日饮食记

清明过后，母亲在院子里种下了南瓜、丝瓜。在返身进屋时，母亲用脚使劲地踩了几下院墙下的紫苏。紫苏这东西很贱，脚践踏了，才长得茂盛。

随着春天的气温日渐上升，南瓜和丝瓜在墙角牵出了藤蔓，它们的卷须似乎积攒了一股力量，牵引着我们朝前走，走着，走着，夏天就到了。

像是一场预谋。院墙上瓜瓞延绵，墙下的紫苏，每一片叶子泛着紫得发亮的光芒，浮动着暗暗的、温热的青草气息。

母亲顺着墙，搭了木梯，摘下夏日的第一个南瓜和丝瓜。新采摘的南瓜，嫩绿的，碗口大小。长长的丝瓜，瓜蒂之处犹带着黄色的花。那饱满的金黄，仿若春天园中耐不住寂寞的迎春花，急急忙忙地，一点一点地绽放，又像是我们洇染化不开的情欲。

母亲站在压水机旁，我们讨好般地使劲压水。母亲清洗瓜类，望着我们微笑，说道："知道你们馋粿了，马上就做，好叫你们解馋。"

北方种植麦子、玉米，逢年过节喜欢揉面粉剁馅包饺子。南方种植水稻，碾成白花花的米，再将米磨成浆，放置锅内搅拌。米浆成团，似粘不粘，就着茶油，揉捏成圆圆的粿，或是弯弯的灯盏粿。圆圆的米粿，俗称立夏粿，顾名思义，老家人在立夏这天，必定少不了这道美食。立夏粿，看似简单，但搓需要力度，否则搓出来的粿，还未下锅，便会出现裂痕。我小时候跟母亲学得一手搓粿技术，两只手掌轻轻地沿着顺时针来回搓，片刻间，手掌中多出三五粒圆润的粿。每每这时，妹妹总是不服气地向母亲要三个粿胚，放入手掌中搓，等她摊开手掌，我们不禁莞尔，三个粿胚，合三为一，像是母鸡新生下的鸡蛋。

立夏粿，通常拌入丝瓜、香菇、肉丝、豆腐泡等一起熬煮。熬至十几分钟后，淀粉勾芡，汤水顿时变得厚实、浓醇。当菜馅的滋味严丝无缝地渗入粿内，即可起锅。据说，早上吃立夏粿，可保一年不头疼；中午吃立夏粿，夏日双枪，弯腰割稻、插秧都不怕腰酸背痛；晚上吃立夏粿，一年走多长的路，脚步都扎扎实实，稳如泰山。

我妹妹是"粿桶"。中国人去井边挑水，多半是木制的水桶。水桶的容量比较大。会吃粽子的，自是称作"粽桶"。"桶"这一说法，南方和北方是没有分歧的。我曾在北方参加一次笔会，餐桌上有一山东男子大快朵颐地吃了四大碗饭，旁边坐着的是他的同乡文友，卷着舌头笑谑其为"饭桶"，那位仁兄倒是很坦然地接受，说道："人在世，若是不会吃就是摊上大事了。"

立夏粿煮好，我妹妹在橱柜中寻了一个海碗，盛满粿后，搁置在案板上，她出去跳皮筋。"马兰开花，一十一，一五六，一五七，一八一九二十一……"从一十数到一百，三个人轮流跳完，我妹妹扔下皮筋，又回来了。滚烫的立夏粿此时已是温温的，她两手端起碗，也不用调羹，嘴唇对着碗口，沿着碗的边缘，哧溜溜地吸起来。途中

　　她歇气，嘴唇也不离开碗口。喝完了立夏粿，她蹦跳着复跑出去跳皮筋。立夏粿在她的肚子里经不住折腾，一盏茶的工夫，她再次返回家中。如此一番下来，半天的时间，妹妹要喝掉十碗左右的立夏粿。

　　立夏粿汤汤水水的，吃不饱，吃多了会胃胀。我自小胃不好，故而不敢多吃。但我素来爱吃灯盏粿。将粿胚揉捏成灯盏的形状，搁置菜馅。馅，早已炒成七成熟。菜馅通常以嫩南瓜切成丝为主，辅之肉末、青豆、香菇、虾米、辣椒末等，铺放蒸笼中蒸。

　　锅中的水，烧得咕隆隆响，蒸笼的上方氤氲着一层层森森的白烟，菜馅与粿的香气满满地溢出蒸笼。母亲掀开锅盖，一只只灯盏粿，莹秀温润，纹理斐然。美食面前，又有几人能抵住色香味的诱惑。搛一只放入嘴中，火辣辣的夏天就滑入了心底。

　　夏日天气暴热，粿不宜多吃。但我们无须控制食欲，肚子吃撑了，母亲自制的紫苏熟水等着我们呢。

　　南方人制作熟水的材料颇多，有甘草、乌梅、桂花、菖蒲、紫苏……凡是有香气的常见植物，均可制作熟水。

　　夏天是制作紫苏熟水的好时节。母亲摘下紫苏叶子，洗净晾干，在火上烘焙。叶上的水分烘干，叶子蜷缩成一条紫色的小虫。紫色的虫子投入滚水的陶罐中，冷却后，加入蜂蜜，用油纸密封罐口，绳子绑紧罐颈，吊至井底。

　　午后，阳光烘烤着院子，院子里的草木喘息着。我们坐在树荫下的石凳上，母亲端来一碗碗紫苏熟水。冰凉可口的熟水，消除了夏天的暑气。

　　一碗碗紫苏熟水喝下去，夏天就要过去了。

何况还有风

痖弦说："荻花在湖沼的蓝睛里消失，七月的砧声远了。"

我驻足在夏秋两季之间，九月桂子的气息，一阵比一阵浓烈。薄凉的秋风在季节的更迭中，缓缓飘过。一些秘不示人的风情，在风中，仿佛黑夜里的一块玉石，温润可心。

二十岁那年的九月，我去了一个偏僻的山村学校。学校坐落在一个凹凸不平的山坡后，几间低矮的砖瓦平房，一道围墙隔开了与村落的衔接。院中，一棵梧桐树，枝干旁逸斜出，直插入云空。几竿青竹，满目苍翠。一垄垄的稻田，蜿蜒在阡陌。简陋的教室，白色的墙上泛着暗黄的岁月痕迹。教室里零落地摆放着破旧不堪的课桌。这是一所完小，学校老师包括我在内，共五位，学生不足百人。

初次上讲台，我的心忐忑不安。那年的秋天，比往年来得更早些。秋日的早晨，沁凉如水。可我的手心不停冒汗，黏糊糊的，汗液泅湿了纸巾。我坐在办公室里，心慌意乱地翻看着教科书。教科书上豆大的字，我却一个也没看进去，我的脑子随着心的慌乱，已然短路，呈现的是一片空白。纸张"哗哗"地掠过桌面，惊扰了旁边备课的一位女老师。她望了我一眼，站起身，拉开抽屉，随手抓了一把雏菊花，倒了一杯水递给我："别紧张，喝一杯菊花茶，定定心。我们第一次都是这样的，慢慢就习惯了。"

接过杯子，雏菊在温热的茶水里，缓缓漾开。我的心犹如雏菊，刹那间，安静而温暖。

我带班的四年级，学生虽然只有九个，但是他们的文化底子特差。据老校长介绍，这个班原来的老师是从城里来的，吃不了山里的清苦，敷衍了一个学期，便找熟人匆匆调离走了。老校长在山里执教了数十年，他与山里的孩子有着极深的感情。他意味深长地对我说："每一次看到你们这些年轻的老师走进大山，我心里是喜忧参半。喜的是山里的孩子，注入你们年轻的活力，我放心。忧的是怕你们把这里当作跳板，隔不多久，就会离开大山。"

老校长的话语中掺夹着许多的无奈，让我的眼涩涩的。

九月的山村，格外的美丽。田埂上，小径边，满天星星星点点地散落在草丛中，眼睛一眨一眨的。稀稀疏疏的篱笆旁，木槿花绽放着紫色的花朵。稻田里的谷穗，黄灿灿的，像是铺了一地的金子。远处的一黛青山，匍匐着隐于天边。我带着九个学生，像个孩子王，四处疯野。不到两个星期，孩子们就学会了我的野性。

我们趁着天晴到竹林野炊。袅袅炊烟、悠闲的老黄牛、荷塘、静谧的山野，像极了浓淡相宜的山水画。我们寻来干枯的松针，把地里挖来的红薯，埋进灰中，不到半刻，红薯浓浓的香味溢满山野。雨天，我教孩子们读唐诗宋词，看着一张张如饥似渴的小面孔，我的心总是莫名地欢喜。累了，我们唱歌，和着屋檐下滴答的雨声，一支接着一支唱。放学了，孩子们围着我，像群叽叽喳喳的小鸟鸣叫："老师，我们带你去打猪草。"

　　我像个学生跟在他们的身后，在田野里乱窜。课堂上，我教学生掌握文化知识。野外，学生教我生活知识。猪笼草、萱草，一个个陌生的名字走进了我的字典里。

　　夕阳向晚，老鸦回巢。我恋恋不舍地告别孩子们。推上自行车，突然觉得手提包沉甸甸的，打开一看，不知道什么时候，包里被孩子们塞满了薯干、板栗。哦，我的心，感动着，柔柔的。身畔的山风穿过林间，温润地吹拂着我。

　　年底期末考试，我们班的成绩由全乡的倒数第一，排名到全乡的正数第二。在这个山村学校，教学质量一直落后于全乡。所以这个骄人的成绩，让老校长着实扬眉吐气了一回，他满脸的沟壑都张开了。特别是我们班的一个女生，参加全乡的作文比赛，在十三所完小中脱颖而出，获得了作文比赛的一等奖。

　　如果不是因为一个朋友的话，或许我不会改变这样的情形，我会一直安心而满足地待在山村。

　　次年的五月，城里一个要好的朋友拜访我们的山村学校。午后，我们吃过饭，站在校园里。初夏，时值梧桐花盛放的时节。洁白的梧桐花，一朵一朵地飘落在我们的肩膀上。正午时分，学校里寂静无人，朋友思索再三，艰难地开口说："阿青，你准备一辈子都留在山里吗？"

　　我当时笑了笑，回答她："这里不好吗？"

　　朋友面带愠怒："阿青，山里偏僻，你甘心守着清苦与寂寞吗？山外一片繁华，那才是飞扬我们青春的天地。"

　　我默然无语。

　　朋友走后的那个下午，我心神不宁。我知道，朋友的话语触动了我不敢面对现实的神经。从学校毕业出来，同学们一个个在单位舞弄得风生水起，唯有我躲在这个角落疙瘩里，默默无闻地陪伴一群孩子。我的心失去了平衡。

碰巧六月里，一个亲戚到家里走动。父亲便托付我的工作，那个亲戚一口答应。恍惚间，我就进了城。

我要离开山里的消息不胫而走。老师们祝贺我从此脱离苦海，老校长看我的眼神，五味杂陈。最后一堂课，教室里只有我的声音和孩子们记录时笔尖的"沙沙"声，地上掉根绣花针都能听得见。

我结束了讲课，收拾讲台上的书本。孩子们一反往常的活泼，安静地坐在教室里。也不知是谁先啜泣，然后感染了其他的几位，泣不成声。我站在讲台上，低着头，不敢抬眼看孩子们纯真的眼睛。

"老师，是不是我们不乖，惹得你离开我们啊？"一个平素最调皮的学生泪眼汪汪地问我。

我摇着头，拼命地控制自己，离开的理由能与孩子们说清楚吗？所有的一切与孩子们无关。我抬头，看到窗外老校长晦暗的脸，他佝偻着身子，一动不动。

六月的阳光透过梧桐树叶的间隙，折射进教室，孩子们的脸，斑斑驳驳……

时间如沙漏，一晃，我离开三尺讲台也有好多年了，所有的往事都湮灭在风中，独有老校长那张晦暗的脸和孩子们纯真的双眼时不时地浮现在眼前。经年的岁月，绿成一片苍茫，风翩然而过，稀释出一些流年的物语。

而我，永远眷念着那些物语。

花开水乡静无声

（一）杭州之行

七月的天气，炽热。

云从屏幕的另外一端敲过来一句话："阿青，我们去杭州看荷花吧。"

荷花，那简单的一叶一花，经脉分明，多么禅意的花儿。我揣想着，美丽的西子湖畔，两个不再年轻的女人，顶着一头的骄阳，学着小姑娘的样子，肆无忌惮地让湖风吹乱长发。

"去不去？"云焦急地又追问过来。

我回过去："自然要去，有你，火里水里都得去。"

云乐了："那好，我去单位请假，明天出发，杭州见。"

云是我的发小。小学、初中，我们一直相伴走来。云的父母是下乡知青。二十年前，我们初中刚刚毕业，她的父母带着她和弟弟匆匆返回江苏老家。等到我们再重逢之时，一个小半生与我们擦肩而过了。

已近秋声的我们喜欢上了回忆，而我们的回忆中都藏着彼此的影子。云和我都喜欢老家的露天电影，喜欢小镇的旧。她虽然在江苏生活了十几年，却融不进那边的生活。她心里每时每刻怀念的都是与我们生活有关的点点滴滴。她多情而善感，春天的时候，她在日志里写道："村口的柳树开始吐绿了，漫山的映山红也要开了，我的长发又齐腰了，你许的诺言又在耳边飘了，你的身影呢，何时出现在我望穿岁月云淡风轻的眼眸中？"如此感性的女人，我甘心沉溺于她的光阴里，何况光阴里还蕴藏我的故事。

柳树吐绿，年少的我们脱了厚重的冬装。在山岩下，用土块垒了一个小灶，把家里带来的腊肉和年糕切好，打来清甜的山泉水，煮了满满的一锅年糕。十几个伙伴，筷子不够，便顺手削了竹子使用。山脚下，一大片的茶林，流动着茶特有的清韵。云和我相视在风里，浅浅地笑。

在小镇，花样的我们沿着一条旧街，一起看城墙上老了的一把厚绿，看墙下的蚂蚁，一点点地爬过时光的痕迹，然后一点点地隐去。

车子行驶在高速公路上，绕过了一重重的翠屏，田野里的玉米饱满而生动地摇曳。

杭州，外公的城市。半个世纪之前，外公带着母亲从这里举家迁移到了江西。

我的心柔柔的，隔着数重山的距离，光阴染指，满眼的翠绿，铺展着时光的点滴。

傍晚七时，车子进了杭州城，突如其来的一场雨，湿答答的，为杭州的古意添加了一些文艺的气息。

云发来信息："雨来或是风来，我在车站等你。"

车子停站，云在路口迎着我。当年短发的云，如今长发披肩，岁月到底还是在我们的身上留下了烙印，我们都已不再年少。

杭州，在这个江南城市，他乡遇故知。浓重的乡音，使我们紧紧抱在一处。心里仿若隔年的老茶，被新水浸泡，一层层绿意渐渐地浮上来。

（二）西湖之游

西湖其实最先给我记忆的应该是母亲的白娘子传说，白素贞舍弃千年道行，也要沉溺进去的古城。这样的城市，怕也是最适合知己相聚的地方。

平是我们的初中同学，高高的个子，我和云来杭州便是投奔他来的。毕业后，平靠着努力，在杭州占了一席之地。人到中年、功成名就的他，正是春风得意时。早在去年年底，平就对我们说，来吧，杭州召唤你们。

翌日清早，平践行他的诺言，开车陪我们逛杭州。

一路走来，满街都是绽放的蔷薇花。粉的、嫩黄的，堆锦簇绣。风疏，香气微微透；风定，素花静静开。"旧恩恰似蔷薇水，滴到罗衣到死香。"蔷薇花，散发柔和的光，融化了心中的坚硬。

平坐在驾驶室里，开着车。

云和我或许想着与杭州安静地亲密接触吧。一路上，我们谁也不说话，默默地审视着车外的一切景致。

杭州以一种秘不示人的风情，暗暗地释放着幽香。我的心，莫名地就被她不可遏制地击中了。

西湖，我们来了。

"接天莲叶无穷碧， 映日荷花别样红。"西子湖里的荷花，热烈迎接我们。我和云，牵着手站在荷花旁，闻着荷叶与荷花的清香，仿佛一切又回到了从前。既见君子，云胡不喜。像小时候我们两个去看人家结婚，无关乎自己，内心照样充满天大的喜悦。

积淀了几百年的风情，西湖款款而来。 湖水一圈圈荡漾着。泛舟在湖中，宛如一笺小诗，穿越过唐朝的风，涉过宋时的雨，平仄而温婉。西湖，白娘子恋着许仙的地方，也教我沉溺于此中，两两不忘。

瘦瘦的湖风里，酝酿着无限的绵密。白墙灰瓦，静谧而简朴。廊前的苔痕，绿一层，暗一层。

我和云像个小女孩般一边躲闪着七月的骄阳，一边掩饰不住地欢喜。而平一直无声地跟随着我们，任由我们指东走西。他一会儿被我们遣去买水，一会儿忙着抱着一堆物品帮着拍照。

游完西湖，我们意兴阑珊。平坐在前面，突然说："绍兴离这里不远，我们去找霞吧。"

"你确定能找到霞吗？"后座的云和我异口同声地问道。

"几个大活人，还怕找不到霞吗？"平在前面轻描淡写地回答。

哦，霞，有多久没见了？十年，还是更久些呢？

中学时代，我和霞还有另外一个女同学，被同学们封为"三剑客"。霞，胖胖的，坐在我的后排。霞当时是班里的数学课代表，她的数学极好，语文却是平平常常。而我虽然是英语课代表，语文却学得不赖。那时的我极爱看金庸的武侠小说，喜欢大侃武侠故事。霞那时就是我的忠实听众，每次我讲得眉飞色舞，她听得如痴如醉。

初中毕业后，霞考上卫校，被招聘到了绍兴工作。一晃十几年过去了，胖胖的霞变了模样没？

（三）绍兴之寻

绍兴，一个古老的水乡。乌篷船、毡帽、孔乙己，这些都因为一个伟大的文学家而闻名世界。

在语文书上，学习了《从百草园到三味书屋》《社戏》《闰土》《药》《记念刘和珍君》等等，再到后来看鲁迅的《呐喊》《朝花夕拾》《而已集》，一个鲜活的鲁迅自文字里逐渐清晰明朗地走进我的脑海中。

我喜欢鲁迅的"地火在地下运行，奔突；熔岩一旦喷出，将烧尽一切野草，以及乔木，于是并且无可朽腐。但我坦然，欣然。我将大笑，我将歌唱"。鲁迅，更多的时候像一个吹号角前行的战士。他用文字延伸了信仰的长度，在困惑与矛盾中为五四时期的文学奠下了一块厚重的基石。

我们几个人欣然然地找到绍兴人民医院。十几年前，霞留给我们唯一的一条线索就是这个医院的名字。走进医院大厅，偌大的医院，我们有些不知所措。弱弱地找到一个医务人员，打听霞的消息。那人长得挺冷的，扔出来的字更是叫人冰凉："谁？你们找人，这么大的医院，两千多职工，谁认识谁啊？"

第一个回合，我们落败。还是平勇气可嘉，明知道会碰到寒冰，依然笑着贴上去："美女，我们同学是十几年前从江西来的。"或许是一声美女叫酥了她，她居然给我们指了条明路："你们到一个个科室去问，总会有人认识你们的同学。"

地毯式的搜索，无疑是大海捞针的最佳方法。幸好，云问了两个，便打听到了霞。霞那天凑巧没上班，我们拿了霞的电话号码，怯怯地拨打过去，联络到霞。

霞说让我们等着，她十分钟就到。

我们紧张地站在大厅等候着。我握了云的手，手心沁出了湿漉漉的汗。

云笑问我："你说霞会认识我们吗？"

我紧紧地捏了她的手，道："会的，她一准会。尽管我们都变得不认识自己，可是破损一角的圆总会循着旧时的路补上来的。"

十分钟后，医院门口有一个女人步履匆匆地进来。

霞瘦了，失去了原来少女的粉嘟嘟，但是旧的模样依稀在。

我和云走上前，拉住她的手，说："霞，我们来看你了。"

霞迷茫地望着我们，回忆着。良久，她轻轻地掐了一下胳膊，捂住自己的嘴，笑道："青儿，云儿，是你们，是真的吗？我不会是在做梦吧。"

霞一只手拉着我，一只手拉着云。十几年以来，她与我们一样为稻粱而谋，只回了几趟家，想我们只能在梦里相见。

我们上了平的车，一起去寻访鲁迅的故居。

车上的霞对准自己的手臂，掐了一下又一下，掐紫了，她才确信自己不是做梦。

平把车子停好，跑到鲁迅的故居门口去买水。

一个农妇挑着一担新鲜的莲蓬走过，莲蓬的清香刹那间拨动了我心底最柔软处。云看了我一眼，叫过农妇，买下莲蓬。我知道，懂我的必定是她。

低头弄莲子，莲子清如水。

鲁迅的故居，旧旧的院落里，逶迤着别样的烟火。一座座房子，高低有致，粉墙黛瓦。天井中央，桂子散落一地，暗香幽幽而来。

旁逸斜出千万朵，赏心只要两三枝。

是的，只要两三枝，足矣。

霞一直牵着我们的手，我们伫立在鲁迅家的大院子里。苍翠的藤蔓爬满了矮墙，绽放时光的绿意。缕缕闲散的光，从窗棂间轻轻地折身进来，滤掉了尘世间的喧嚣，仿佛也滤过了我们的青春岁月。

少年的鲁迅和少年的闰土，就是在这里相识、相知，近了、远了、又近了。

（四）明日又是山水一重

短短的一日相聚，我们各自都有自己的事业，明日又得隔着山一重，水一程。

是谁说爱上一个人，先爱上一座城。

那么喜欢某一个地方，是不是就是恋上了那一处的人儿。

喜欢江南，喜欢江南的潮湿，有着一种烟火的味道。而烟火，最是真实，最是生活的况味。

江南的古镇，总是缠绵着旧的暖意。游荡于青石的小街，斑驳的门廊上，旧的桃符暗了，又红了。铜质的门环惹绿了光阴的苍茫，一把摸过去，看到了岁月的青葱。城墙上的绿苔，凛冽地生长，就像小时候养的春蚕蠕动在我们的心里，痒痒的，却是教人心动。小桥流水，潺潺流淌在岁月的长河之中，几百年的时间，就这么一直唱着吟着。

江南的雨，飘过屋檐，落至窗台。推开轩窗，红了樱桃，绿了芭蕉。雨水滴滴答答，宛如一阕宋词，丝丝缕缕的忧伤逼近。浮生六记，怕是这一记，最是心疼。

稀疏的雨，散淡的心，何况总有一些明明暗暗的情绪晕染着。如此，泡壶绿茶，甚好。

往事氤氲在茶色中，捻过去是一把把的苍翠，细草繁花，直教人一往情深不知何起。一些小的欢喜、小的忧愁，于是一并就着茶的温度——却原来，碾作尘土，香如故。

幽梦谁无边，和春光暗流转。

和谁？

田野，我们的家园

　　春播种，夏双抢，秋收割，冬催肥。水稻把家安置在田野，田野是它们一生的所在，也是农人辛劳一生、死后归栖的地方。云烟浩渺，延绵千里，田野的每一个角落，都是一个微细的希望，它们默默地、谦卑地蹲伏在光阴里，年复一年地生长着。

　　行尽春色三分雨。江南的雨犹如牛毛，稀稀疏疏的，沾湿发梢，但是绝不会淋湿衣衫。雨，湿润而不泛滥，适应一切农作物的循序滋生。休整了一个冬天的农人们，把精挑细选的谷种，放入温暖的稻草中，催发芽头。不过几天，农人们趁着几分春风，穿着蓑衣，戴着斗笠，站在水田中央，撒播发芽的谷种。两三天后，种子在水中破土而出，嫩黄的秧苗恣意地吮吸春天馈赠的雨露。

　　惊蛰的第一声雷，敲醒了酣睡的土地。农人们急赶着牛儿下水田，从这头吆喝着犁到那头，犁铧翻开了水田的幽梦，水田散发着泥土的腥味，夹杂着一些不知名的动植物腐朽的气息，均匀地弥散在田野的四处。随着气温的逐渐上升，农人们拔秧、插秧，田野一片忙碌的景象。秧苗齐整整地入驻水田，一垄垄、一行行的，翠色欲滴。

牛是农家人的一宝。春耕后，农人们吩咐家里的小孩，将牛儿喂养得膘肥体壮，准备着夏季的农忙。

儿时的我们，总是清早牵着牛儿找到茂盛的草地放养。晶莹剔透的露水在草丛间闪烁，牛儿安详地在阳光下吃着青草。江南的春风，像绿衣使者，吹拂到哪里，哪里便是一片绿的海洋。牛儿们整天放养在山上，江南丰腴的草地把牛儿养育得牛毛顺滑，油光发亮。

立夏，村里的妇人开始做粿，豌豆和粿的香气飘荡在乡村的上空。还未等粿吞进喉咙，村头的铁匠铺"叮叮当"地热闹起来。火红的铺子里，火苗忽高忽低地跳窜。男人们抽着黄烟，悠闲地聊着各家各户的庄稼。远处的稻田里，绿色的浪一层接着一层，荡漾在微熏的风里。

"稻花香里说丰年，听取蛙声一片。"此时夜夜的蛙鸣，诱熟了水田里沉甸甸的稻穗。镰刀在铁匠的手里捶打着，镰刀欢唱着，唱活了整个田野。

盛夏来了，从远方的山外吹来了一阵热风，吹黄了稻子。夏，燃烧着。从小暑到大暑，太阳是一炉熊熊的火焰，焕发着炙热的光，燃烧着整个原野的生命之火。田野复活了！金色的稻浪翻滚着、扑打着，酿成一种磅礴的气势。农人们宛如一条条游动的鱼儿，收割着稻子。一茬茬的稻子，刷刷地倒在水田里，堆积成山。打谷机欢腾着，飞扬着颗颗饱满的谷子，催熟着隔着田埂晚熟的稻子。晒谷场上的稻子厚厚地晾晒着，谷子的清香弥漫在山村和原野。

稻田里稻子收割完了，露出了一簇簇翠绿的水草，稻草横七竖八地铺在水田里。肥膘的牛儿被赶下水田，拖着犁铧，在水田中肆意地奔跑。夏天的双抢争分夺秒，与时间赛跑。农人们连气都不敢喘，忙着插秋季的秧苗。他们的肩上挑着夏秋两季的收成。

新插下的秧苗，绿油油的。隔了些天，就被七月的烈日暴晒得仿若秋季霜打的茄子，蔫不拉几的。农妇们带领着家里的小孩，下田施肥、除草，放水进田。秧苗在勤劳的农人们的耕作下，很快又变成了翠绿的海洋。

土地的子民们，终身信赖着土地，忠实着土地。看着遍野茁壮成长的庄稼，心里比什么都踏实。从晨起的鸡叫出门，忙到夜里萤火虫打着灯笼回家，他们不知疲倦地劳作着。生活的忙碌，让他们感觉到活着的意义，忙碌就是生活的希望，丰衣足食是他们所追求的一辈子幸福。

秋风腌制着季节的指间，艳阳媚着桂子的花香。秋日的阳光，依旧强烈地照射着，原野的绿色植物，拔节展叶，无不迸发着旺盛的活力。板栗树下，一颗颗板栗果实欢跳着从树上飞落在地。甘蔗浩浩荡荡地拉扯起青纱帐。闲不住的农人们，挥着镰刀，割下一年的最后希望。

芦花白了，村庄像一只小船停驻在其中。阳光穿透黄昏的灰尘，无限的希望落入水田中。稻子一茬又一茬消失在晚凉的秋天，这是水稻的宿命。朱天文说："这时候，太阳的芒花和尘埃，有着《楚辞》南天之下的洪荒草味。"

牛儿在芦花丛中，惬意地打了一个响鼻。洪荒的草味，打马从水田走过。村庄里到处是袅绕的烟灰，农人们信奉只有肥沃的土地，才能种出最好的庄稼。他们崇尚自然，自制的木灰加上家畜的粪便，就是他们为水田储存的农家肥料。

　　时光翻动着岁月的树叶，催老了一寸寸的光阴。离开了老家很多年了，我，一个土生土长的农人，离开了芬芳的田野，驻扎在坚硬的钢筋水泥林间，怅惘不时地吞噬着我吃五谷长大的身子。杜拉斯说："我朝你走去，留在你的怀抱中，于是夏天开始了。夏天开始了，它是人生的幻觉。"

　　是的，我愿意朝你走去——我的田野，我的家园，在你的怀抱中，等待着每个季节的到来，期待着又一个美丽的幻觉。

给燕儿留一扇门

"竹外桃花三两枝，春江水暖鸭先知。"

早春，江南的河水逐渐温暖，鸭子游戏其中。岸边的依依烟柳，引来了黑色的闪电——燕子。

燕子在江南是寻常物。每一年的三月，燕子就会从北方飞回来，衔着干草落户到农家的屋檐下。

燕子在老家，象征着吉祥与财富。三月的农家大门四通八达地敞开着，村民们筹划着迎接燕子进门。燕子循着农家大门这条温暖的空中之路，吹绿了庭前屋后的杨柳，吹红了桃花。燕子进哪家的农屋，哪家老老少少必定是欢天喜地地开着一扇小窗，为燕子飞进飞出留着门儿。

小时候，家里经常有燕子入驻梁间的屋檐下。燕子忙不停地筑巢，它们拉的鸟屎，落得满厅堂皆是。尽管如此，家里谁也不敢捅了燕巢，驱赶燕子。父亲像所有的村民一样迷信燕子，他虔诚地在燕巢下面搭建了一块小木板。长年累月的，木板上堆积了厚厚的一层干鸟粪，一向爱干净的父亲严禁母亲打扫，他笃信"财不出窝"。燕子的鸟粪在父亲的眼里，俨然是一堆财富与好的运气。

燕子南来北往。村中病了一冬的老人，熬到了春暖花开，盖着绒毛毯子，躺在摇椅里，晒着惬意的阳光，听着屋檐下燕子的呢喃，生的欢喜与踏实充溢在心底。

相携一生的阿婆阿公，顶着一头白发，在燕巢下低低地聊天。燕子盘绕在他们的头上——谁知相思老，玄鬓白发生。

村后晒谷场有一个仓库，每一年燕子南迁，仓库的屋檐下高高低低排满了燕子的鸟巢。紧挨着仓库的旁边有一个小小的土墙屋。土墙屋低矮，像极了燕子的鸟巢，粗糙简陋。拐子周住在这间土墙屋已经有了好些年，推门进去，墙上剥落了许多粉尘，呛得人忍不住咳嗽。靠灶膛的那面墙，柴火熏得乌黑，如同一块老墨。自从拐子周的父母老去后，拐子周就被狠心的兄嫂赶出了家门，一人独居于此。

拐子周，七八岁时生了一场脑膜炎，打针坏掉了一条腿，走路一瘸一瘸的，因为姓周，大家称其为拐子周。久而久之，他的大名反而淡忘了。拐子周高高瘦瘦，皮肤白皙，长得秀气，读过几年小学，极其聪明。他凭借几本画册，学会了画画，尤其擅长画鸟。他画的燕子栩栩如生，呼之即出。他的院子里种满了花草，一年四季，芳香馥郁。院子中央常常撒着一些谷子，喂养着那些觅不到食的小鸟。

儿时，每每路过他的房子，总能看到他趴在床上，一笔一画地照着画院子里的小鸟。拐子周一生未曾娶亲。听母亲说，拐子周原来喜欢村里的一个姑娘，那个姑娘也爱着拐子周。姑娘家境贫穷，三十多岁的哥哥娶不到媳妇，姑娘的母亲便用女儿换了一个媳妇进门。结婚那天，姑娘的眼泪流成河，拐子周在村前的老樟树下目送姑娘的花轿出村，一直站到半夜。从此以后，爱笑的拐子周沉默寡言，整天除了画画还是画画。

四月，燕子在仓库的屋檐下完成了繁衍的使命。一只只雏燕在鸟巢里"叽叽喳喳"地叫着，老燕子每天忙碌着，可是依然顾不上小燕子的吃食。拐子周每天早起，他像燕子的母亲一样，精心地呵护着这群雏燕。小燕子的嘶叫声，一点点地撕裂了他的心，他难过地望着那些小燕子。第二天早上，拐子周拖着瘸腿，一步一挪地下田间。在密草丛生的阡陌上，有着许多燕子爱吃的蚂蚱。拐子周把抓回来的蚂蚱细心地剔去足部，一摇一晃地爬上梯子，把蚂蚱放进鸟巢里，巢里的小燕子张着小嘴快乐地啁啾。

仓库的后面是个荒废的桑葚地，杂草密集。狗尾巴草泛滥成灾，紫薇花宿醉未醒地绽放，许许多多不知名的花草茂盛地生长着。草丛间，经常有蛇鼠乱蹿。小时候，桑葚成熟的季节，小伙伴们怎么也邀约不了我进那片林子。蒲松龄笔下的鬼怪故事一直影响着我，生性胆小的我每每走过那片林子，如履薄冰，老是担心林子里冒出鬼怪之类的东西。

一天夜里，拐子周早早地熄灯睡觉。半夜，他听见巢中的燕子不住地叫唤着。拐子周艰难地爬下床，他摸摸索索找到火柴，点燃油灯。拐子周提着灯，站在门前，眼前的情形吓得他差点扔掉手中的油灯。一条碗口大的蛇从桑葚地里爬过来，匍匐在墙上，伸着长长的舌头，嘴里吐着"呼呼"的热气。拐子周不由得倒吸一口冷气，燕子一般喜欢夜飞，巢中的老燕子必定是趁着夜色出去觅食，留下一群无助的雏燕在家。眼看着蛇离鸟巢愈来愈近，拐子周的一颗心提到嗓子上，他急中生智，毫不犹豫地脱下自己的衣裳，倒出油灯里的煤油，用脚下的一根长木棍缠住衣裳。火轰地烧着了衣服，拐子周挑着木棍，走到墙边驱赶着蛇。蛇是最怕火的动物，它向拐子周吐了吐舌头，灰溜溜地逃走了。

第二天，村里人都知道了这件事，心有余悸地问拐子周，你当时就不怕蛇吗？

拐子周笑着答道，我害怕，可是那群小燕子更怕。村民们都笑话拐子周是真的傻了，分不清自己是人还是燕子了。

五月，鸟巢里的雏燕粉嫩粉嫩的身上长出了黑溜溜的羽毛，嘴边上还有一圈淡淡的黄色。它们学着老燕子，扑棱棱地从窝里飞到院子里梧桐的树枝上，然后飞到屋外的电线杆上。最妙的是傍晚，细细的电线杆上停满了黑色的精灵，像五弦曲谱，弹奏最真实最生活的琴弦。暮色四合，燕子低低地盘旋在空中，老燕子带着小燕子，一口草，一口泥，继续筑着它们的鸟巢。

六月，小燕子的翅膀坚硬了，矫健的身影在村子里四处飞着，却再也看不到拐子周了。那个心爱的姑娘在进城务工的路上不幸遇到车祸，猝然离去。拐子周的生活彻底失去了重心，他躺在床上，不吃不喝，呆呆地望着窗外的鸟巢，哀怨地走了。一屋子的画，随着风零乱地飞舞着。村人唏嘘着，叹息着。那个姑娘的名字就叫燕子，燕子是双飞双宿的鸟儿，单燕岂能苟且存活？

不知什么时候，村里的人们学会了燕子的迁徙。正月里跟随打工潮外出，年底才一个个背囊鼓鼓的回到村里。村里的高楼大厦，越来越多了，只是村子愈发地寂寞了。南来的燕子在光滑坚挺的水泥墙上再也找不到筑巢的地方。村民们习惯了紧闭大门，燕子也越飞越远了。年复一年，燕子留在记忆里飞翔着，还有拐子周的模样伴随着燕子的呢喃，一起慢慢地模糊，慢慢地消失在朦胧的悲伤之中。

文字的清欢

一直痴迷地认为，世间能与时间抗拒的唯有文字。文字对于我来说是生的苍翠、生的欢欣。在我的心底有一股小小的暗泉，她执着而坚定，缓缓地流进文学的大海洋。

文字，我最早接触应该源于我的祖母。

自小，我就跟着祖父祖母生活。祖母爱看线装的《红楼梦》《牡丹亭》，她亦喜欢读易安的词。"一种相思，两处闲愁。"从祖母的吴侬软语声调里跑出，说不尽的缠绵与哀婉。祖母闲时还会教我背古诗"遥知不是雪，唯有暗香来"。在祖母耳濡目染的熏陶下，那些墨香和诗韵，很早就进入我的身体内。

记得我五岁时就会背诵李白的《静夜思》："床前明月光，疑是地上霜。举头望明月，低头思故乡。"在我有模有样、摇头晃脑的朗诵中，诗人思乡的惆怅与苍茫的落霜一并走进我的梦里。

我喜欢看书，这一点无须置疑，我的深度近视可以证明这一切。我的近视并非是因为刻苦学习而来，而是自从会识字以后，经常打着手电筒，躲在被窝里熬夜看书所得。

读小学后，我不再满足只背诵唐诗，我爱上了连环画。图文并茂的连环画带给了我许多美好的回忆。《铁道游击队》《大刀王五》《神鞭傻二》等等，一个个鲜明的英雄人物，活灵活现地呈于我的眼前，我渴望自己也能成为一个举世无双的战斗英雄。后来，我又迷恋上金庸的武侠小说。我时时梦想着得到一本武林秘籍，这样我就可以策马走江湖，可以行侠四方。因为金庸的武侠小说，使拙于表现的我竟然喜欢在同学面前卖弄"海底捞月""大鹏展翅"等各式各样的武功招式。我手舞足蹈的表演，不仅仅让女同学刮目相看，连学校的男同学都一度崇拜我，他们戏谑我是"武林宗师"。我的虚荣心得到了无限的扩大和餍足。

印象最深的是看蒲松龄的《聊斋》。我躲在被窝里，耳畔听着窗外的风敲打窗棂，惊魂未定地合上书，却是耐不住书里的精彩，悄悄又打开。书中的惊悚伴随着书页的翻阅，由指尖渐渐地传递到身上的每一寸肌肤，然后，一点一点地渗入心底。我整晚都不敢闭眼，担心着书中的鬼啊妖啊，赤眉白眼地穿墙而入我的房间。

读初一时，班主任是个文学爱好者，他经常鼓励我们多读多写多练。记得我的一篇文章叫作《老师，你——》，班主任不仅放在班里做范文朗读，他还帮我把作文寄给了市里的报社。不几天，我的文字竟然被印成铅字，登在了头版。霎时间，我成了学校的"风云人物"。我依稀记得，当时的我兴奋得晚上睡不着觉，夜里折腾十几次起床，生怕铅字会变魔术，自己消失。自此，我的写作一发不可收拾，我沉湎于写作的快感与愉悦当中。无力抗拒文学的魅力，我与文学结下了不舍之缘。

毕业后，我参加工作。闲暇之余，我依然爱涂鸦，写自己的情感，晒晒自己的心情。不论快乐与否，我都会不由自主地向文字一一倾诉。辛酸的记下来，留在夜里自己独自慢慢品味；快乐的放在白天和大家细细地分享。随着我的文字陆陆续续出现在当地的报刊上，文字已然成了我的绕指柔，任凭那些草长莺飞的时光滑落我的指间，我的灵魂自顾自地在文字里浅吟低唱，快乐着。

前几年新房装修时，我和外子商量，靠近那一片法国梧桐树的房间一定要做书房，累了可以眺望树林和远山。十几平方米的房间，只安置了一张摇椅，一个占了书房三分之二的书柜。不工作的时候，躲进书房。无丝竹之乱耳，无案牍之劳形。放下全身心，关掉手机，在舒缓的音乐里，让飘浮在空中的心，平稳而幸福地降落。窗台上的吊兰兀自绽放，一任思绪天马行空，驰骋万里。穿越商风、明月，潮湿着我的心。心，时而忧伤，时而欢喜。行走于生活中种种烦琐的情愫，渐渐有些麻木，却因了文字，这些情感又恢复了原始的感知、感性。恍惚之中，率性的自己策马独行，踏着挽歌迎着飒飒的秋风，惊落一地的胭脂红。在幽微的岁月中，文字散发着独有的气息，犹如梅花的暗香，淡雅而不失宁静；又仿若云雾里的山茶，甘甜，醇香。在若有若无、隐隐约约的雅致中，彰显了几许落寞。正是这种无法用言语形容的美丽，让爱文字的我倾情于她。在人生的低谷时，我轻轻地走近文字，学会了像海鸟那样勇敢地避过低谷。因为懂得，所以慈悲。在面对世间所有牵绊时，我才能不骄不躁，不愠不怒，一如爱情的初心。

林清玄老师说，禅是心灵的，能令人深广。文学也是心灵的，亦能令人深广，深广得使人凛然。在文字间，花气袭人，暗香盈袖，一切明的暗的宛然在焉。用文字腌制时间，煮字疗饥。文学是一种清净的欢喜。这种欢喜足可以令人看山绝色，看花倾城。文学的清欢让我的心灵如泉水般清澈、纯净。

春色暗流转，摇漾如线。在时光里，我听见文学汩汩的流水声，正悄然地洗濯紫陌的尘埃。

容我为文字留下一丝墨痕，在梦里，拥着时光安然睡去。

如青草一样呼吸

（一）

我最早接触死亡的恐惧，要追溯到十几岁的时候。

自从我病了以后，我在父母亲闪烁的眼里渐渐地察觉了死的恐惧与寒意。我每天被父亲背着四处找郎中，母亲不停地熬着难闻的苦药，我不停地喝着那些说不出名字的药汁。病却是一点都没有起色，我依旧全身软绵绵地躺在床上，不能动弹。到了后来，我开始抗拒那些草药汁。我只要闻到那些气息，胃就会翻江倒海地呕吐。父亲和母亲已经彻底绝望，母亲每一个晚上抱着我睡觉，眼泪止不住地淌，冰凉的泪珠滑落在我的脖颈里，我的心也跟着一起冷得如冰。

村前的老广播烦躁地播着。村里唯一的女播音员，娇柔的声音使我发腻。我躺在床上，十几岁的我仿佛一下子成长，我不再哭闹，无人的时候，漫无边际地想着倘若自己死后，是埋在村前的小河旁还是睡在祖母的桃园。死，对于我来说，虽然恐惧，但我默默地学会了接受这个事实。我不想父母再为我的病情彻夜叹息，不想母亲鬓前的头发又苍白许多。

祖父攥着一把青草过来，粗糙的手摸了摸我的头，然后低着头交代母亲，用小火熬出汁水加上米汤，每天早晚喝一次。

祖父手中的草，那是陌上、垄间四季经常看得见的鱼腥草，这草，还是祖父教我认识的。

记得有一次，我和祖父上山植树，路过荷塘，隐隐地看见池子的右侧，一条草鱼泛着白肚，在太阳下散发着尸体腐朽的臭味。祖父站在池旁，用长长的竹棍捞鱼。我疑惑地问祖父，臭鱼捞上来做什么。

祖父微笑不语。鱼捞上来后，祖父带着我，提着木桶，拿着剪刀来到门前的老井边。祖父弯腰打起一桶井水。他用剪刀剪开鱼肚，里面的内脏都腐烂了，一股鱼臭刹那间直扑鼻间。我捂着鼻子，离得远远的。只见祖父走到井旁边的小沟里，看了看，扯下一把细长的青草，放进嘴里嚼碎，吐出来，细细地铺放在鱼的肚子里。不一会儿，鱼臭味竟然神奇地没有了，鱼散发着青草的青味。我一脸好奇，缠着祖父要那草。

祖父蹲下身子，告诉我这种草我们家乡人叫鱼腥草，能让死鱼还原鲜嫩。我看着手里的青草，没觉得它有神奇之处。绿绿的，叶子狭长，唯一不同就是闻之有淡淡的鱼腥的鲜味，那条鱼烧好后，我清晰地记得，连碗底的鱼汤都让我们舔得干干净净。

祖父把鱼腥草种在破了的搪瓷脸盆里，鱼腥草在我的窗前迎风舒展。

母亲按照祖父的吩咐，熬制好药。祖父抱过我点上香，对着鱼腥草虔诚地磕头，一字一句地教我念："药神爷爷保佑，我家孙儿从此就是您的子孙，您一定得保佑她健健康康，百病皆消。我们全家定会为您烧香叩谢。"

一个星期过后，我奇迹般地能够爬起床，能够扶着墙，一步一步地挪到院子里。我站在窗前，内心充满了感激。有一种劫后余生、恍若人世的感觉。鱼腥草在微风中摆动着，绿色的叶子透露着生的喜悦和欢欣。

后来，我的病完全康复。祖父说我是借着青草的呼吸，艰难地生存下来，为了我能够像草一样顽强地生长，就把我的小名改为"青儿"。

再后来，我远离家乡参加工作。而彼时，祖父去世多年。母亲将亲自栽种的一盆鱼腥草交到我的怀里，含泪送我到村头，让我时刻记着，我的身子里有草的精气，不论何时何地都要像草一样呼吸。

多年后的今天，我谨记母亲的教诲。快乐地像草一样呼吸着，感谢着每一寸时光，感谢着尘世间的万事万物。

（二）

与她再次相逢时，距离我们分别已经近二十年。

她是我小学、初中的同桌，我们两个好到用她的话概括就是"睡在一个枕头上的"。我们两家只隔一个村庄，她的母亲在果园山做事，父亲在卫生院上班。遇到她的父母同时上晚班的时候，我会跑到她家给她作伴。晚上，两个小女孩，睡在同一个枕头上，盖着同一条被子，悄悄话说到黎明的曙光洒满窗棂。

初中毕业后她上了卫校，而我去读高中。以后几年，我们林林总总见过几次面。她学着城里人穿上了高跟鞋，化着浓浓的烟雾妆，眼睛里找不到当初如水般的清澈，人倒是越发靓丽了。

后来，我结识外子，与他定下婚期，那天恰好是农历的花朝节。婚期的头一天，我回家住，母亲神秘兮兮地笑着说："你们两个还真有缘，结婚的日子居然选同一天。"

"说谁呢，有一句没一句的。"我丈二和尚摸不着头，低眉整理翌日的喜衣。

"二毛呀，那丫头也明天结婚，她母亲刚刚送来请柬。"母亲挥着手里红彤彤的请柬。

听母亲说，她如愿嫁给了一个有靠山的人家，不仅她的工作调动到政府部门上班，而且光是聘金就六万，还附带四条黄金项链。那个年头，六万元钱对于我们工薪层来说，算是个天文数字。我打消了与她再聚一聚的念头。

隔日，我坐着婚车路过她的家门口，门前停着十多辆锃亮的小车，回头看看自己的迎亲队伍，只有一辆桑塔纳，还是单位同事开来喝喜酒，临时借用的车子。

几年后，初中同学聚会，她没有到场。听大家说，她的丈夫在外面包养了一个女孩，她正闹离婚呢。

正月里，我和几个同学一起相约去看八十岁的中学老师，碰巧她也在那里，三十岁的人苍老得像四十岁的老女人。素面朝天的，鱼尾纹细细地爬满了眼角，依稀还能看出当年的俏模样。

遇见我，她和我同样诧异和惊喜。

我们找了一个安静的角落坐下，她幽怨地唈叹道："阿青，还是你的命好，你看你一点都没变，还是那样的年轻、漂亮。同学们都说你嫁了一个好老公，家庭幸福呢。不像我，贪图他家的权势，落个如此凄凄凉凉的下场。"

她的眼神迷茫，游离不定。她絮絮叨叨的，如同一个怨妇，翻来覆去地说着她不堪的往事。

我不住地挑拣宽慰的话劝她，到后来，整个身心都让她弄得疲惫不已。

晚上，我和外子说起白天的事，商量着怎样帮助她度过这个劫。外子开着玩笑说，她现在没有精神支柱，找个男友，不就解决问题了。

说者无心，听者有意。外子的话使我眼前一亮。

数日后，我端着一盆鱼腥草，敲开了她的门。

她开门，屋里暗得没有一丝活气，深色的窗帘垂挂着。她像一只蚕，把自己包裹在茧中，紧紧的。

我把绿意盎然的鱼腥草放在她的窗台上。拉开窗户，屋子里顿时亮堂起来。

"那是什么。"她用手遮挡着阳光，漫不经心地望了一眼鱼腥草，眼神迷惘，四处游离。

"昨天我不是告诉你，我要外出一段时间，我家的那位比较粗枝大叶。这一盆花精贵呢，我怕他照顾不周，你是我的好友，再说女人嘛，心思比较细腻，所以我只能求助你，暂时帮我照顾它一段时间，等我回来，我就搬回去。"

我把花盆端到她的面前嘱咐她，花草喜欢阳光，记得早上端出去晒太阳，保证必须天天在网上汇报它的状况，别让我太挂念。

她不可思议地看了看我，又不忍拒绝我，只得无奈地应允。

第一天，她在网上淡淡地告诉我，草如常，没什么变化。

第三天，她兴奋地告诉我，草新发出了一枝芽。

一个星期后，她兴奋地说，新发的芽长成筷子般长。

她的话题越来越多，都是有关鱼腥草的，她不再絮叨她的往事。

有一天晚上，我们聊着聊着，她发过来一个乐翻天的图像，快乐地说："阿青，我突然觉得以前沉沦于旧事，好傻。我要像那盆草一样，积极地生长，以后的路还长着呢，我得好好地为自己活着。"

我笑了，我知道她已经学会了像青草一样呼吸。

再后来，她得知了事情的原委，开心地说要灭了我，却是眼泛泪花紧紧地抱住我。

像草一样呼吸，像三月的春风扑击明亮的草垛，时光会在每一个夜晚奉送花的芳香。我愿你我他，像一棵从里至外都散发生命力的草，尽情呼吸天地之气，尽情享受岁月的馨香。

露天电影

月，幽怨地悬挂在空，柠檬黄涩涩地倾泻，穿过紫色的窗幔，落入我的房间。我泡制一壶绿茶，凝视着沸水中的茶叶，缓缓地沉入杯底，一青一白，满室生香。茶色晕染着整个黑夜的凉。夜深沉，寂静。耳听见窗外桦树抽枝的声音，一个个芽苞，翠绿扑怀。一抹苍绿，挂在记忆的枝头上。于是，想起了一些风里的往事，想起了露天下的电影。

露天电影，多么富有诗意的字眼，现在的90后和00后或许根本无法了解，在那个精神文明匮乏的年代，露天电影曾经带给我们这一代多少美好的回忆。在稻草堆起的晒谷场，月亮在薄纱般的云朵里穿行。两根竹竿子挑起一块白色的幕布，星星照路，夏虫伴奏，温馨而浪漫。

据说我小时候，晚上特别爱哭闹，但是只要抱到电影荧幕下，我立马会安静下来，睁着两只乌黑的眼睛骨碌碌地随黑白幕布流转。父亲和他的铁三角——明叔和喜子叔，白天一起出工，晚上三人轮番抱着我四处找电影看。

我出生的那年冬天，雪下得非常大，白茫茫的一片，雪深足有半膝高。父亲抱着我，明叔打着伞，喜子叔年龄小一些，浅一脚深一脚地跟在后。几人竟然不顾雪大，跑到二十多里地外的山村看电影。等他们匆匆赶到时，电影已经放了一半，明叔的雨鞋被雪水浸泡，冰冷彻骨，他跺着脚，冷不丁，抱在手上的我"哗啦啦"一泡臊尿，暖暖地直泻他的雨鞋里，明叔乐得笑翻天："青丫头，还真会'雪中送炭'。"

至今，明叔一见我就说起这件事，每次都羞得我满脸通红。

我的小学就读在离家不远的一个垦殖场小学，垦殖场场部经常放映露天电影。只要有电影放映，班里居住在场部的同学就会早早地告诉我们消息。怀着焦急的心情，我们等着上午放学的铃声，铃声一响，我们飞速地跑回村子，争相把晚上放映电影的地点和时间告知每家每户。

整个下午，我们的心一点都不能安定下来听老师的讲课。好不容易熬到傍晚放学，我们就和那些家住场部的同学直接去电影场地。场子里不知何时，搭建好了黑白幕布。我们寻来几块石砖，预定下几个位置，然后瞪着眼睛，望着夕阳一点一点地被山吞没。

夜色降临，黑夜的黑铺天盖地地遮掩着大地。场子热闹起来，三三两两的村民端着长长的板凳、竹椅，打着火把，从四面八方聚集在场地。我们翘首盼着自家村子里的姑娘和后生小伙子，招手让他们把凳子搬到我们早已霸占的位置。我们兴奋地站在凳子上，嘴里咬着他们带来的烤红薯，一边喋喋不休地炫耀争来的地盘。

放映员扛着放映机，终于来了。他把机器放置在场子中央，人群齐刷刷地自觉退后，放映员傲慢地、不慌不忙地架好机器。灯光一亮，站在凳子上的我们跳着挥舞小手，有的做着老鹰状，有的做着青蛙状，形形色色的怪状在幕布上一一显示。此时的放映员绝不会早早地放映电影，他会咧着嘴等着大家疯够了，才有条不紊地摇晃放映机。

电影放映了，我们倒是索然无味，一个个在人群里钻来钻去，玩起了我们捉迷藏的游戏。大人们专注于电影，不时地哄堂大笑，而我们小孩子，沉浸在我们的游戏之中，玩得满身汗湿透衣衫。

差不多电影快放完时，我们会结束游戏，急急忙忙地找到自己村子里的人，牵着他们的衣襟，生怕散场后走散。

月儿悬挂在空中，浅浅地照射在野外。风和水一般地清凉，田野如梦幻一般地迷蒙。晚风拂过，田间的甘蔗叶籁籁作响，风里还有野花黏黏的气息缠绕而来，萤火虫携着淡淡的荧光，闪烁在小径。夏虫呢喃在草丛间，不知是谁误入蒲苇中，惊起了一地的蛙鸣。我们打着哈欠，拉着村人的手，上下眼皮不听使唤地合下来，然后又勉强睁开。沁凉的月色如素锦，清辉旋绕，眼前的大地如同熏洗一般清亮。两旁的杉树，树影婆娑，桂子树暗香袭来。银碗里盛满花，翠钵中草树宛然。终于有后生仔禁不住甘蔗的诱惑，"啪啪"甘蔗自地里拔起，大家笑着闹着一窝蜂围上去，顾不上干净，塞进嘴里细细地咀嚼。我们的瞌睡瞬间抛到爪哇国。人，顿时清醒了，嚼动着九月未成熟的甘蔗，一丝丝的甜意沁入心脾，心里微微的竟有些欢欣。

翌日，蔗农顺着一路的蔗渣寻到村子里。大人们一边骂着后生仔，一边赔着笑。蔗农憨厚地笑着说，甘蔗前两天打了虫药，怕有人吃了闹肚子呢。

后生仔拍着肚皮，理直气壮地回驳大人，我都说嘛，几根甘蔗有什么呀。咱吃五谷杂粮的肚子，没那么娇气。不过说实在的，你家的甘蔗还真甜。

随着社会的进步，电视开始走进了农家。露天电影放映越来越少了。露天电影俨然是祖母手中铜色的水烟，渐渐地淡出了我们的生活。

最后一次看露天电影，那是八月，荷花绽放的季节，而我怀揣一份录取通知书，心里说不尽的怅然。

那晚的夜色，像是闷在一个火罐里，没有一丝的风。场地里的人稀疏得很，只有少数的老人和小孩，年轻一点的都躲在家里观看香港武打连续剧《霍元甲》。老人们抽着黄烟，低低地说着漫无边际的话；孩子们跳着蹦着一如当年的我们。

我坐在幕布前，心里有一种酸楚，滴滴地团转。或许明日的我再也不能如现下，安然得像家乡的青草一般，自由呼吸家乡的空气。那些曾经的伙伴一个个远离了家乡，外出打工。只留下我独自守着这场电影。今夕何夕，明日的我又置身何处呢。

电影放映不到一半，倾盆的大雨"哗啦啦"地下下来，雨水浇湿了幕布，放映员慌忙扛着放映机，跑到屋檐下躲雨。老人和孩子纷纷跑回家。

我站在雨里，望着空无一人的场地，仿若故乡与露天电影一并远远地离我而去。我失声痛哭，泪水与雨水混杂在一起。"也非关雨湿青衫，透是鹃血凝罗袖。"

而今，露天电影离我们愈来愈远了，悄然消失在我们的记忆之中。只是残存在内心深处的那些回忆，依旧如故乡的云水，微凉地悬挂在心头的枝叶上。

今夜，我踏着晚风，悄然启程。故乡啊，倘若晚风敲打窗棂，你不必讶异我贸然地闯进你的梦里。

梦里飞花又起

　　绿芜缠绕篱笆，院落的栀子花，散发淡淡的幽香。山坡上，林间的松香熏醉了天边的一弯钩月。一池的荷花，展开了绯红的衣裙。长风斜过，片片花瓣翩然入怀。五月的夜风，一直轻轻吹着。我独坐一隅，在暗的夜里，紧裹单薄的身躯，饮啜着时光的苍茫。茅舍篱疏，清水映月影，荡漾静无声，唯有梦里的飞花，香如故。风染绿了梧桐，笼起一阵绿烟。往事宛如燃烧后的凉凉灰烬，拨开表面，思念的余温，触手可及。风过后，深深浅浅地漾开记忆的芬芳。

◎ 栀子花

　　家乡的栀子花一般都种植在院子里，或是菜园的篱笆边。

　　栀子花开的时候，我喜欢约上宏，一起提个小篮子，两个人像兔子一样蹦蹦跳跳地走进园子，采摘下新鲜的栀子花。我们会在房间里，放上一碗清水。望着水面漂浮着洁白如玉的花儿，感觉整个夏天都是栀子花的味道。

　　宏比我小两岁，性格却比我沉稳，说话慢条斯理的。印象最深的是她的一双圆润的手指，用"肤如凝脂，手如柔荑"形容一点也不为过。据说女孩子的手长得好，命定然也是好的。宏的头发长长的，十四岁的我，深受琼瑶言情小说的蛊惑，喜欢长发如瀑布的女孩。

五月的风，将宏的长发随意地吹乱。我站在栀子花旁，竟有些隔世的恍然。或许，小孩子的心最是玲珑剔透的。那时的我似乎已然明了，我和宏的这一切都会因风飘逝，随光阴而去。栀子花淡淡的香味，伴随着宏发梢上的洗发水特有的气息，紧紧缠绕我。

我黏糊着宏："宏，我们去照相馆照张相，好吗？"

宏张着她那双清澈如水的眼睛，柔柔地附和道："好啊。"

两个人表情呆板地站在相机前面，衣襟上各别着一朵洁白的栀子花。

我望着相片里的宏，突兀地，一种惆怅逼仄地侵入心底。

果真。次年的五月，宏便远远地离我而去。她跟随离异的母亲一起去了北方。再后来，宏越走越远，她去了澳大利亚。

每一年栀子花开季节，宏都会给我的QQ留言："阿青，家乡的栀子花如期地开了吗？我想念花开的时光，想念我们共有的那些时光。"

是的，栀子花的素色记忆，正如《诗经》中所描绘的"不盈顷筐。如端然美人"。年华不再，流年如昔，唯有记忆的芳菲绵延不息。

◎ 梧桐花

最早接触梧桐树，是读了易安的词："梧桐更兼细雨，到黄昏、点点滴滴。这次第，怎一个愁字了得！"

梧桐树在我们南方，陌上、垄间、院落，随处可见。

十六岁的我，偷偷地喜欢上了班里那个高个男孩。

暮春，梧桐花开，树干参差着斑驳，有着盛事的安静与淡泊。梧桐树把所有的悲欢，化作了一树树的花朵，像一串串的风铃，在阳光下，仿若音符，跳跃着，歌吟着。

我踏着花香，内心一阵欢欣。只觉得一路的梧桐花都为我一人独开，为我一人暗香。花朵与清风相和，在暖洋洋的风里，唱着有关爱情的歌，我听得懂，那种滋味，唯有我懂得。

张小娴说，世上最遥远的距离，不是生与死的距离，不是天各一方，而是我就站在你的面前，你却不知道我爱你。那种偷偷爱着一个人，是怎样的一份情愫。不敢说，不敢让对方明了，傻傻地独自静立在风中，聆听梧桐吟唱。想象着与他细细的私语，十指相扣，拾捡树下的花儿。梧桐花成了少女时代的一笺粉色的书签，悄悄地夹在青春的书卷里。

还未等得及我向那个明眸皓齿的男孩表明心迹，他便转学走了。

我的初恋仓促地夭折。幸好，那时年少不更事，不到半个月，颓废的失恋心情便随着窗外的风，烟消云散。

◎ 紫云英

紫云英颇像村里的人家给女儿取的名字，但我更喜欢她的另一个乳名：草籽花。这是最直接也是最简单的叫法，无需什么想象力，村人仅根据她命贱于草，结出的籽可以肥沃土地而随意叫出来的。

江南的春天美如画卷，要归功于油菜花、紫云英和禾苗。它们以率真的性子，编织着金黄、紫色和碧绿交织的春色。在暮春，紫云英和大多数的草花一样，老老实实地长在地上，开着自己的花。层层叠叠的紫色，从四面八方汇聚而来，铺成旖旎的朝霞和晚霞。放牛的孩子甩动竹毛梢，把牛赶进紫云英的腹地。牛俨然是一台台割草机，把紫云英修剪得同一水平高。紫云英的叶片和花朵扫过孩子们的脚面，酥酥软软的。女孩子跪坐在紫云英上面，将它的花朵串成手链套在手腕上，或是串成项链挂在脖子上，一跑起来，似乎能够听到叮叮当当的清脆声。男孩子不屑于玩这一套，他们把手拢在嘴边，作吹冲锋号状，朝紫云英更深的地方冲过去。而埋伏在紫云英花丛中的几个男孩，腾起抓起一把泥块，"嗙"的一声掷向奔跑的"敌方"。他们灰头土脸，身上粘满了紫云英的花粉，惹得蜜蜂和蝴蝶误以为他们就是草花，围在身边翩跹起舞。

泥块往往会准确无误地扔在春英的额头上，砸出一个鹌鹑蛋大小的包。春英是个女孩，但偏爱往男孩堆里凑。她玩起来真疯，完全不像一个女孩样，弹玻璃球、抽陀螺、滚铁环，玩用香烟盒子折成的包，全是男孩玩的游戏。性格使然，她和男孩子玩着玩着，就演变成打架，衣服裤子常常被壮实的男孩子撕破。她哭着跑回家告状，十次有八次都是被母亲拿着竹扫帚追出门。受了委屈的春英，没处撒气，就跑进紫云英地里，一朵一朵掐下花，使劲将其揉成一团。春英不爱洗头，稀黄的头发里爬满了虱子。暗黑色的虱子，很像紫云英结出的籽。渐渐地，村里的女孩子疏远了她。她并不以为然，依旧像一块甩不掉的狗皮膏药，撵着孩子们跑。

开着紫色花朵的紫云英，一部分成为猪的果腹之物，另一部分埋在田里作肥料。春英的母亲生了五个孩子，落下月子病，常年干不了重活。父亲为了多赚点钱，田里的农活一结束，就急着出去帮人做零工。穷人的孩子早当家，每天傍晚放学，无需母亲吩咐，春英提着镰刀下地，割一篮紫云英回家喂猪。她路过我家门口，总爱趴在我家院墙上，挥舞着从家里偷出来的红薯片，大声呼唤我的名字。春英的母亲手巧，用红薯制作的零嘴，是村里的一绝。有时，我分明馋她家的红薯片，可只要一想到她长长的手指甲抓过头皮，就索然无味。但春英是真的对我好，我母亲分派给我的农活，几乎都是她替代我完成的。每次下地割紫云英，她先将我的篮子装得满满的，然后才去装她自己的篮子。我坐在田埂上，冷眼旁观她割紫云英。紫云英长得青葱，很脆嫩。镰刀轻轻划过，青草的气息随之溢出来。或许是草的味道刺激得春英的鼻孔发痒吧。她割了一大把后，时不时用沾着泥巴的手背蹭几下鼻子。而后，她又像一只鱼儿游进了紫色的花丛里，直至远山折叠起暮色。

后来，春英家的牛趁她玩耍时，溜进邻居家的水田，啃完了半亩地的禾苗。再后来，贪玩的春英喝下父亲放在墙角的半瓶农药。春英等不及长成大姑娘，就离开了人世。她和村里人一样，把自己遁入泥土，带进时间深处，最终成为泥土的一部分。许多年后，每次见到紫云英，我就觉得花儿和那个叫作春英的姑娘，定是冥冥中的姊妹花，有着一样的苦命。

欢喜冤家

"曼青，我在网上给你买了两件针织衫，这两日你注意查收一下。"隔着屏幕，你敲打出来的字如你平日说话的语气，咋咋呼呼的。

我比你大两岁，从小到大，你一直都这么连名带姓地叫我，却从未听过你叫我一声"姐姐"。二十三岁那年，我遇到自己的真命天子，步入了婚姻的殿堂。我以为你会有所收敛，没想到，你依然我行我素，即便是称呼你唯一的姐夫，你也是随着我一起直呼其名。若是母亲私底下责怪你不懂规矩，你大眼一瞪呛过去："我叫他们的名字，并不等于我不尊重他们。"

我属虎，你属龙。我们两人还真属有其相，应验了"龙虎相斗"。小时候，我和你被母亲安排睡一张床。每天早上，我们两个睁开眼就吵架。轮到我折叠被子，总是意外地在你的枕头底下找到几个小石子，或是几块小瓦片。每次放学，你跑出去和村里的野孩子玩跳房子、抓小石子。你害怕妈妈发现你"不务学业"的罪证，便将石子和瓦片藏起来。当然，我们为这事争吵，你免不了受到妈妈的一顿数落。晚上睡觉，不爱洗脚的你，胡乱用毛巾擦拭一把脸，上床偷偷地躲在被子里脱袜子。不消说，我们两个若不吵一顿架，谁也不会安心地入梦。每次吵完架，我们谁也不搭理谁，誓有一种"老死不相往来"的架势。母亲嗔怒道："你们这对冤家，见早了面。以后你们大了，一个嫁到福建去，一个嫁到浙江去。让你们一辈子都见不着几回，看你们怎么去吵架。"母亲说归说，到底舍不得我们离她远远的。

你从小学升到初中，学习成绩一向不温不火。家里墙壁上贴着我和弟弟的奖状，像爬山虎蔓延了整块墙面，唯独找不到属于你的一张奖状。有时连母亲都不愿相信，一个肚子跑出来的孩子，怎么轮到你上课听讲会打瞌睡呢。

老实说，我小时候对你的好远不如对弟弟好。你好斗又喜欢黏我，我要是独自出去玩，不带着你去，你准要赖在地上哭半个时辰。你不像弟弟那么听话，我说什么他都乖乖地点头称是。在学校里，你的好斗是出了名的。你疯起来的时候，根本就是一个蛮横不讲理的野孩子。

记得有一年中秋，你逛了庙会买回来一条塑料项链。那条项链的珠子俨然一颗颗晶莹剔透的珍珠。最巧妙的是它的挂坠，形如一朵含苞待放的玉兰，凑近能闻到细细密密的兰花香味。你把项链递给我看，炫耀地说："王曼青，你的书能散发香气吗？"我怔了怔，摇头不语。我很想知道，挂坠的香气到底是什么东西散发出的？趁你不备，我打开了挂坠，里面的液体顿时流淌了一地。见此景，你愤然地将项链掼入水沟，不依不饶地拽着我袖子推搡着，嘴里直嚷嚷："你赔项链，赔我项链。"我自知理亏，一声不吭地站在你面前，任凭你拉扯我衣衫。半晌，你似乎不解气，猛地朝我啐了一口唾沫。我躲闪不及，正中左颊。陡然间，我的火气腾地从丹田冒到头顶，我怒不可遏地推你倒地，骑在你的身上，抡起巴掌责问你："够了没有，你要是再追究，我就揍你。"你躺在地上，嘴巴一点都不服软，示威地说："有本事你就打我，谁怕你。"我仅犹豫了片刻，巴掌终于还是落在了你的脸上。其实在某些遗传基因方面，我和你暗合了父亲暴躁的脾性。只不过，自小我被"乖孩子、好学生"的光环罩着，我的坏被自己掩藏得极其深而已。你气急败坏地与我厮打，我依仗自己比你力气大，死死地钳住你的双手。在你挣扎之际，我跳着落荒而逃，留你一个人躺在冰冷的地上无助地号哭。那一刻，我于心不忍，想回头扶你起来，但又怵你，我只能选择逃离你。

我躲到稻草堆里，看天边的日头在山峰的掌纹间游嬉，然后藏到了山峦的腹地。暮色将田间劳作的人们赶回了家中，生火烧饭。野外觅食的公鸡、母鸡逶迤着队伍去寻找它们的窝。村里的烟囱冒出了袅袅的炊烟，炊烟绕过妈妈的厨房，到处缠绕着饭菜诱人的香味。饥肠辘辘的我拖着沉重的脚步慢腾腾地向家走去。

刚溜进院子，迎面遇到了母亲。她劈头问我哪里疯去了，又问我知不知道妹妹摔了一跤。我模糊地回应一句，自己也不清楚怎么避开了母亲的问话。走进厅堂，抬头看见你坐在饭桌上正大口地嚼着母亲炖的排骨。我瞅了瞅你的脸色，一点察觉不到你之前伤心的痕迹。你似乎忘记我之前对你恶劣的行为，举着排骨，如同往常般兴奋地喊道："王曼青，快点，妈妈今天开荤，排骨好鲜。"那一刻，我愧疚得想立即找个地洞钻进去。

小学时，我和你的个头相仿，别人都误以为我们是双生子，分不清谁是谁。等上中学，你的优点显山露水。首先是你的个子，一个劲地往上蹿，很快高出我半个头。接着，你的相貌发生了变化，原来蜡黄的皮肤一下子白嫩得像刚剥壳的鸡蛋。大眼睛看人的时候，波光流转。教人不由得想起诗经的"巧笑倩兮，美目盼兮"。出落水灵灵的你，证实了江南果真是出美女的胜地。你勤快而善良，村里的老人几乎都得到过你的帮助。你帮助他们洗衣服，烧火，担水。老人们每次见到父母提及你都会竖起大拇指。母亲一反常态，对你特别关心呵护，甚至超越了对我和弟弟的爱。你小时候的种种，全部被你迟来的成长遮掩了。倒是你开朗的个性一直没变，说话的嗓门依然大，做事依然风风火火，脾气依然火爆，像一串鞭炮，一点就着。

　　初中毕业后，你主动向父母提出不再就学，选择跟镇里的裁缝师傅学手艺。我心里明白，你实际是想减轻压在父母肩膀上的重担。那时我正读高中，眼瞅着弟弟马上也要升入高中。这对于一个普通的农村家庭来说，三个孩子的学费确实是一笔不小的开销。我每次回家，晚上躺在床上，总能听到隔壁房间传来父母的叹息声，一声比一声紧。可是，我是多么的自私。原本这一切应该是身为家中老大的我来做的呀。我默默地帮母亲将旧缝纫机抬上板车，默默地站在后面和你一起推车。在去镇里的半路上，你突然对我说："等我学会了裁缝，我给全家人都做新衣服穿。"我忍不住低声啜泣。母亲停下车子，红着眼睛问："老二，你真的不后悔不上学？"你走到母亲的身边，安慰她说："妈，我不后悔。我成绩比姐和弟差，就算读了高中也是白白浪费家里的钱。"然后，你不再说什么，把头扭到一边去，不看我们。等你再扭头回来时，我分明瞧见你的眼眶溢出了晶莹的泪水。

　　婚后的第一年，我的儿子出生了。你比谁都高兴，抱着他问我：

"我是不是当姨了？还有啊，我要不要包一个红包给我外甥。"

你学裁缝出师后，在镇上开了一家小店。因为你的年轻，店里的生意并不是很好。可是你节衣缩食，为你的外甥缝制了许多衣服。偶尔，你还会缝制衣服送给我的婆婆。我诧异地问你缘故。你说："说你是书呆子，你老是不承认。这人情世故比你书本上学的东西更深奥。我送你婆婆衣服，你婆婆就不能不对我外甥好，是不是这个理？"你的为人处事老到得令我怀疑你这些年必定吃了不少苦，经历了许多挫折。你咧嘴笑了，戏谑道："生活又不是小说，哪有那么多跌宕起伏的情节。"

之后，你和邻村的一个小伙子谈恋爱。所有人都说"一朵鲜花插在牛粪上"，凭你的条件，嫁给一个拿铁饭碗的男人绰绰有余。因为你的事，意见分歧了一辈子的爸爸妈妈，头一次统一了战线，他们一致反对你的草率。他们软硬兼施，孙子兵法的三十六计，全部使用上。你却以不变应万变，傻乎乎地说："既然我是鲜花，自然离不开大粪的滋润。我不管别人怎么看，反正我只图他对我的好。总之，这辈子我嫁定了他。"

也是，罅隙中的草，泥土越是想压住它，它越是破土而出。

结婚后，你生下女儿便随打工的潮流去了浙江。

几年后，在你的资助下，我们买下了一套房子。结束了寄人篱下的生活，我们成了名副其实的城里人，而你仍然辗转在外打工，只有过年才能回一次家。

那年住进新房不久，儿子油漆过敏诱发血液病，住进了市医院。在医院里，儿子的病治疗了一个星期，反反复复不见好。一个前去探望的同事给我们指出了一条明路，说与其这么耗着，小孩备受折磨，不如带孩子去大城市医院治疗。

我和丈夫商议。丈夫面露难色道："说得轻巧，去大城市，钱呢？"

是呀，钱呢？我暗自垂泪。一方面为丈夫的态度失望，一方面为我们的无能感到悲哀。鬼使神差地，我拨打了你的电话。在我们姐妹之间，有条不成文的规定，对父母向来是报喜不报忧。我内心的忧伤，只能向你倾诉。尽管，你从来没和我抱怨过什么。

你朝我大声道："早就该去上海看病，孩子要是有什么闪失，我绝对饶不了你们两个。"你似乎忘记了我们才是孩子的亲生父母。"钱，我来想办法，你发一个账号给我，我明天就去邮局汇给你们。"说罢，你在电话里哭得稀里哗啦的。

事隔一年后，我才从母亲的嘴中得知，你当时正失业，一家三口的生活全靠妹夫一人打工勉强支撑。为了筹集钱，你哭天抹泪地找亲戚朋友打了一个上午的电话。我不敢想象，轻易不肯求人的你，是如何涎着脸向人低头哀求借钱的样子。

前年，母亲过六十岁生日。碰巧你们办厂赚了钱，你对我说："王曼青，你们就几个死工资，大钱我出，你出小钱，表示心意即可。"

晚上，我无意瞥见礼薄上记着我们俩礼金的数目是一模一样的。我明白，你这是帮我们做脸面，不让村人因为我们的寒酸而质疑我们对父母的一片孝心。

有一天，我向你表达自己的谢意。你的脸红红的，略微羞涩地说："姐，以前你老是帮我，送我东西。现在我有钱，轮到我帮衬你了。"

你终于叫我一声"姐"了，可我心里堵得慌。在你遇到困难的时候，我总是不在你的身边，哪怕一句安慰的话都很少和你说。

　　佛说，万年修得姐妹花。我不知道下辈子要怎么修炼才能与你再做姐妹，但不管怎么样，能与你做姐妹，是我前世修得的福气，也是我今生的大幸。

第三辑　沉溺

　　它们是独立的，每一棵芦荻都有自己的风情；它们又似乎是一体的，紧紧地靠在一起，抵抗着秋夜的薄凉。它们左等右等，望穿秋水，等来的却是破釜沉舟的绽放。这一点多么像我们的人生！

植物

◎ 薄荷

一个人。古镇。流火的黄昏。

坐在信江河畔，点了一碟田螺。信江河水静静流淌着，辛弃疾魁伟的雕像背对着我。辛公的雕像永远都是面向着北方，据说当初设计者的初衷是"王师北定中原日"。却不曾想，徒然把辛公的背影留给了古镇。也罢，黯然销魂的总是浮光一刹那间。

矮胖的女服务员端上我的田螺。田螺的泥腥味夹杂着淡淡的薄荷香扑面而来。老家人习惯在家门屋后莳植薄荷。薄荷，没有织锦繁花，也没有裂帛之疼，有的只是素素然的绿叶。几片苍绿的叶子，开出的花朵也不引人注目。它仅仅蔓延着一片苍翠的绿意。相传冥界之神普尔多钟情于精灵曼茜，他的太太在嫉妒之下，把曼茜变成了一棵草。岂料，这草越践踏，越是散发出无与伦比的清香。很多时候，我觉得薄荷如一位郁郁不得志的男子。秋衫薄凉，即便是寂寞的，也有着无声无息的清寂之美。他迷恋着四季，在所有的长风浩荡中，他近乎无耻地吞噬着和释放着浓郁的爱意。

初见薄荷，是在朋友的院子里。它们蹲在院墙下，一点都不张扬地吞吐绿意。一大片的苍绿，透着深深的古意。仿若自远古以来，它们的绿就是苍茫和潮湿。这种潮湿和苍茫，一下子就把人的心染绿了，湿润了。而湿润的温度足以使自己在须臾间化作一棵薄荷，在向晚的黄昏里，展示着内心的寂寞和欢喜。

闻着薄荷，想起了辛弃疾的一生。辛公叱咤风云半生，无奈一片丹心付诸流水。晚年，他遭遇弹劾，隐居山水之中，写下了一段欲说还休的千古篇章。或许上天早已预知，辛公的一支狼毫，注定会在文化历史的长卷上，烧得狼烟四起。

也记得秋天的时候，和几个朋友去辛公的故居瞻仰。在寒山瘦水中，繁华褪尽，唯剩下残垣断壁。我们唏嘘不已。突然，一股薄荷的清香袭来。我们循着香气，几棵薄荷从倾圮墙壁的罅隙间，一意孤行地、顽强地活着自己的样子。

"寂寞空庭春欲晚。"寂寞的，往往也是最彻骨的。我与薄荷再次劈面相遇，再次被它击中要害。

◎ 芦荻

第一次见芦荻，是在鄱阳湖。

信江之水一路西行，浩浩荡荡地汇入鄱阳湖。我们到达鄱阳湖的时候，正是早晨六点多钟。雾气弥漫在湖面，对岸的景色朦朦胧胧的像个野兽匍匐着。浩渺的湖面，一层云烟袅绕，空气中湿漉漉的，带着一些鱼腥和湖水的咸味。火红的太阳渐渐地冲破了雾气，跃出湖面。顿时，天地一片清明，而鄱阳湖更显得浩瀚了。天连着水，水接着天，分不清哪里是界限。

人群中，有人惊呼："看，芦荻！"

可不吗？一株株芦荻依傍着鄱阳湖，这寂寞而绝色的芦荻，簇拥在一起，悄然在秋风中荡漾。它们以最倾城的姿态绽放在萧萧的秋天。清冷的湖风过来了，芦荻愈发翩翩舞蹈着。

数十棵数百棵，抑或更多，密密匝匝的。所有的芦荻在湖畔形成了一个方阵，势如破竹，刹那间席卷了整个鄱阳湖。绿色的枝干，横逸斜出的叶子。它们是独立的，每一棵芦荻都有自己的风情；它们又似乎是一体的，紧紧地靠在一起，抵抗着秋夜的薄凉。它们左等右等，望穿秋水，等来的却是破釜沉舟的绽放。这一点多么像我们的人生！

芦荻，它拼却了一生，在秋日中，凋落成一世的倾城。

◎ 百合

百合是晚花。养在深闺中，等待着所有的花凋零了，它才展露自己的素素之心。

记得老家的后山，生长着一些百合。春天来的时候，父亲带着我刨开潮湿的泥土，挖一两株百合的根回家移植在院子里。我翘首以盼等着它开花，可是春天来了，百花都露完了风华，它依然不动声色；夏天的池中央，荷花绽放了胭脂，百合犹是不见花苞。等着等着，我差不多忘记院中还栽着百合。

深秋的一个早上，母亲推开院门，惊讶地发现百合在院墙下开出了粉粉的花朵。我们抑制不住欣喜，一连数日都围着百合观赏。

　　有朋友从山里给我寄来了百合磨成的粉，她知道我熬夜写文容易上火。隔着电话，她再三叮嘱我，百合去火，一定记着用水常泡着喝。嗓子干的时候，我泡百合。水和百合交融在一起，暖意一点一点地在我的心底荡漾开来，一波又一波。

　　管它世界如何，且做素心百合一朵。

故乡的小河

飞在故乡上空的鸟是披着羽毛的鱼，而故乡河里的鱼是脱去羽毛的鸟。鱼在河中游弋，鸟掠过水面，多少时光就顺着河流流逝了。

溪水潺潺，带着先人的体温，从古老的诗句中流出，流向我们的血脉和骨髓。故乡的小河如同倒下的一棵树，把枝桠伸向广袤的田野，伸向星罗棋布的村庄，濡养着世世代代的子民。山一程，水一程，曾经多少人追随过小河？又有多少人改变走向，离开了它？在苍茫的岁月中，一双双采桑的手、采莲的手、采菊的手以及浣纱杵衣的手，一次次掬起一捧捧水，打捞起欲说还休的心事。流水哗哗，每一个皱纹都是一个故事、一段传奇，记载着过往时光的遭逢际遇。

一次次，我带着烦恼与忧愁走近小河，就像一个孩子向长者倾诉一样。在清澈纯净的河中，我看到自己的倒影，它与我面对面，亲热地呼唤着我的乳名，等着我放低身子，怀着谦卑的心，去辨认，去接纳，去包容，去读出它的深意。千百年来，小河拂拭了人世间多少尘埃，抚慰了多少孤独而荒芜的心灵，荡涤多少晦暗而不安的灵魂？

淡淡的雾霭由林中升起，一粒水珠隐在河面上。河岸上的枫杨树弹出枝条，轻轻一戳，光晕就破了。水珠汲取阳光给予的能量，变得日臻饱满，"砰"的一声炸成一朵绚丽的花朵。花朵喷薄出阳光的芬芳，向河的四周逐渐弥漫。数只鸟儿"恚"的一声从溪边草间飞起，扑棱着翅膀钻进玉米地。

夏天的河岸，是一片希望的生机。鸭跖草从茵茵草丛中突围，粉蓝粉蓝的，泛着隐隐的白。芦苇密密匝匝，摇曳成片的绿。枫杨树垂下丝绦，钓起陈旧的往事。葛藤紫色的花朵，从路这边蔓延到另一边。三五个女人在河岸上的小路上走来，她们的身姿和小河一样袅娜，如同浸在水里的绸缎。走在前面的女人几欲被葛藤绊倒，引得身后的同伴笑得花枝招展。河水清澈如镜子，女人对着河水整理自己的容貌和衣冠。青色的洗衣石泛着亮光，与边缘幽深的青苔融为一体。河水洗走污垢，女人则温暖了河流。男人迈着坚实的步子走来，肩上晃悠着两只木桶。拎起一桶水，瞥见下游自家女人投来的目光，心头一热，木桶里的水洒落，打湿鞋袜竟不知。河水装进水缸，淘米洗菜，烧饭烹茶，繁衍生息。

太阳落山。一群孩子结伴跳进河里，享受小河赐予他们最大的快乐。孩子们泡在河水中，让清凉的水冲去夏天的炎热，任凭鱼儿在身上游来游去。鱼是水中尤物，它们拥上来，亲啄孩子们的脚底，免费给他们做足疗。孩子们扑腾水花，模仿鱼儿的游泳姿势。隔着田畈的村庄，炊烟飘起。风中荡漾着各家各户饭菜的香味，还有母亲呼唤孩子回家的声音。我们的祖先择水而居，对水有着与生俱来的迷恋，小河是两岸人们的灵魂栖息之地。远在异乡的村人，每每想起家乡，总会滋生出对小河的无限怀念和感恩。

一切归于寂静。月亮跑进河里嬉戏，水面灿灿地闪烁银光。两岸的花草树木，稻田和老街，山谷以及村庄，在鹅卵石和沙砾铺成的河床上，枕着月光，轻轻发出均匀的鼾声。有时，河水轻微地晃荡两三下，河里的万物便循着水势，不动声地改变一下睡姿，又沉入梦乡。

　　风乘着浪沿河面过来，河水流着清幽幽的月光。昨日和今日，白昼和黑夜，跌落小河的梦里，日子便波澜不惊地淡定下去了。

莲灿

　　穿过梧桐畈的一座小石桥，便见一只只白鹭展开翅膀，低低地掠过田畈。田畈上的荷花倏地喧哗起来，争相从田田荷叶中摇曳出婀娜的身姿。它们使劲地往上开，说有多疯就有多疯。殷红的花瓣，像是藏不住秘密似的，急于向人展示自己的好颜色。浓绿的叶子，一片紧挨着一片，铺盖在信江河畔。翠烟杳霭，绵延数里，弥漫着植物的芬芳，酿成夏日的磅礴之势。

　　荷花，又名莲花、菡萏、芙蕖等，属于水上植物。每年的六月至九月，正是江南荷花盛开的时节。一池湖水，半亩方塘，荷花延续了大地的诗意。遥想在远古时代，怀有浪漫情怀的先人在耕作时，吟唱"山有扶苏，隰有荷华"。循着《诗经》里跌落下的诗句，在田园的阡陌上，一路走来了曹植的《芙蓉赋》、周敦颐的《爱莲说》、杨万里的"接天莲叶无穷碧，映日荷花别样红"……簇拥于荷花的诗句，赋予其品格与精神，使其声名远扬。荷花，由最初平头百姓赖以生存的农作物之一，跃身为文人骚客笔下的尤物，给世间平添了许多雅趣。

　　阳光透过淡薄的云层，铺展而下。在光与影之间，荷花沿着虚虚实实的弧线，一瓣一瓣，慢慢释放内心的炽热。花朵灿烂在朗朗的阳光里，香气四溢，掸也掸不开。其华灼灼，兀自开落。

遇见，喜欢或是不喜欢都是定数。隔着一朵花的苍茫，我想起了祖母。

荷花原本就是属于祖母的花。

在乡下的大宅院里，有一个荷花池。十六岁的祖母闲坐水池旁，一边照着满池的花朵绣自己的嫁妆，一边编织着少女的梦。荷花舞动着风情，她莞尔如荷花。

人世间总是有着太多的无奈和悲哀。年轻的祖母历经动荡不安的岁月，又尝尽存殁参商。然而，面对自己不尽如人意的一生，祖母从未抱怨过什么。她安之若素抛却了尊贵的身份，用柔弱的肩膀撑起了整个家。无论生活多么艰辛和困苦，祖母的爱荷之心，却一如当初，不曾减一分。每年的夏季，祖母的房间弥散着缕缕荷香。似乎在每一朵荷花的心事中，都隐藏着祖母的素年锦时。每个傍晚，祖母熬好汤，便会采摘一两片花瓣，切成丝均匀撒在汤中。荷花浮在汤水上面，那点胭脂红晕，教人莫名心动，莫名欢喜。如今，祖母早已不在人世。荷花，亦不是祖母眼中的荷花了。

阳光疾走，满池的荷花与金色的光晕激情亲吻。须臾间，我听到荷花微微地颤动。放眼望去，一枝一叶，气吞万象。清风轻扬，荷花有如一支支钓竿，钓起了天地的影子，也钓起了每一个看荷人的梦。

荷花不与凡花同，即便颓败，也有一种美直入人心，自在淡然。张岱说："盖文之冰雪，在骨，在神。"残荷历经凄风冷雨，落处孤峻，看似寥落，其实有着自己的铮铮之骨。一举手，一投足，伸展属于自己的格调。"留得残荷听雨声。"天地之间，仿佛只有荷，逶迤出别样的惊艳之姿。

《说文》释义中，"荷"具有负荷之意。荷花以其瘦弱之躯，支撑起夏日的碧绿与娇艳。它们迎着烈日，这朵还未凋零，那朵又迫不及待地开放。哪怕是上一分钟盛开，下一秒面临凋谢，荷花也要努力开放，向着阳光呼唤着这一季的欢欣。

在花下，我聆听着花开又落的声音，悄悄地，在心里绽放出一朵属于自己的荷花。

旧风物

◎ 老墙

国有国魂，村有村魂。在乡村，墙是老屋的魂。

墙在《说文解字》中意为"垣蔽也"。而从会意上看，有"垒土为墙，意在收藏"的意思。几千年前，我们的先民逐水而居，夯土垒墙，结束了居无定所的生活。一抔土，一掬水，智慧的先民们就地取材，用灵巧的手脚，将水、土粘合成团，成就了源远流长的华夏文明。

有了墙，人类就不再饱受风雨的侵蚀。而墙与墙纠缠在一起，渐渐地汇聚成村落。人们依靠墙守家护院，依靠从墙上吹过的风传递音讯，依靠墙内的灯光相互照亮，依靠袅袅升起的烟火，撑起了一片安宁的日子。

墙，恪守自己的职责，默默地庇佑着我们，延续着生生不息的烟火，它见证了祖辈们在院子里的成长和辉煌，欢聚与离别。院子里的人进进出出，一拨又一拨，墙如一把凿子，静静地凿向空寂的时光，窥望着时光的缝隙。风来了又去了，多少时光流逝不复返。

墙的眸光由明亮转为昏暝，显出了垂暮之态。原来，世间许多事物和人一样，抵不过岁月的沧桑。

在我们的老家，随处可见有些年头的老墙。当饱满的阳光从村庄皱褶丛生的皮肉里炸开成一朵朵花，村庄的迹象遂而都在花瓣上一一显现。黛色的瓦房，透迤着光的弧线，将村子挤得七零八落的。一只鸟一头撞破光晕，落在低矮的老墙上。状若老人的墙，抿了抿豁嘴，睁开眼。

很多时候，人不知如何站立，但老墙似乎比我们人更懂得怎么挺直身躯。老墙的上半截往上挺立，引来一些藤本植物在此安营扎寨，比如爬山虎和刺玫。不过数年，这些植物就像一根根榫扎进泥缝中，它们的藤蔓不甘寂寞地攀附在墙体上，却无意间泄露了老墙的年龄。老墙的下半部深埋在地下，失去地面上的那部分热闹，便固守着属于自己的一份命运，朴素有致，与土地浑然一体。

老家的墙是父母胼手胝足堆垒而成，每一块青砖以及每一掬砂石皆存留他们的汗水和体温。墙的外面栽种杉树、桃树。麻雀、八哥常栖息于枝头相互显摆羽毛，一旦察觉异样动静，它们扑腾着翅膀四散逃窜。屋内的青砖墙面上抹着粗劣石灰。有几处石灰剥落，隐隐露出烟熏火燎痕迹。而被水洇湿之处，慢慢地就长出了白色的毛或是绿色的青苔，漫漶成一幅水墨画，幽幽地，透着冷冷的暗示。屋子里的每一件器具，早已失去了光鲜，经过我们的抚摸，泛出黯淡的微光，秘不示人地散发沉香。

冬天暖阳的日子里，父亲和隔壁的喜子哥、金水伯等几个人圪蹴在墙根下，抽一会烟，说一些地里田里的农事。男人以墙为靠山，彼此的身体紧贴在一起。一面墙，拉近了人与人之间的距离，连接了彼此的身体，表达出人世间最温情的内容。母亲端条木凳倚靠着墙，等待墙外杉树上鸟儿的叫声和影子掠过头顶，她好顺手用针线将它们临摹在我们的新衣裙上。而我们时常挨着母亲，听她讲述有关墙的故事。

母亲说，人是三节草，穷不过三代，富也富不过三代。古时有钱人最怕子孙后代中出一个浪子，抛荒游懒，败掉万贯家产。故而在盖新房时，特意往墙缝里嵌一些铜钱，留给后人作为营生之资本。墙，遮风挡雨，在寻常百姓的眼里，是与土地一样坚实的靠山。而在母亲口中描述的文人笔下，自有一番别样的旖旎。母亲讲《西厢记》名字的由来，月亮照进厢房，"拂墙花影动，疑是玉人来"，道不尽的风流埋伏在其中。当然最凄美婉转的应属陆游和唐婉于墙上题写的《钗头凤》："红酥手，黄縢酒，满城春色宫墙柳。东风恶，欢情薄，一怀愁绪，几年离索。错！错！错！"这次第，一个愁字怎生了得？母亲每每讲完故事后，就教我们背诵诗词。那些故事和诗词如一盏灯照亮了我们文学之路，对我后来热爱文学具有启蒙作用。

抚摸老墙，它仿佛是一种慰藉情感的酵母。老墙在，我们的家园就在。老墙永远在那儿等候着游子的回归。

◎ 红薯

红薯一动不动地匍匐在地里，藤蔓仰着头凝望水田的稻子。水稻生长在肥田沃地，农人精耕细作。红薯感到很卑微，它兀自选择了山腰脊梁，潜滋暗长，常年思索着《七品芝麻官》中的那句话："当官不为民做主，不如回家卖红薯。"

　　我一直笃定红薯和马铃薯是两姊妹。它们皆属于舶来品。中国的《诗经》中描写了许多植物，唯独没有红薯。在画家的笔下，稻粱菽、麦黍稷、豆棚瓜架、萝卜白菜，以及花鸟虫鱼，统统能入画，唯独没有谁挥毫红薯。红薯的籍贯是乡村，它从南美引入中国，最初对中国的西部人口繁衍起了重要的作用。后来，红薯辗转离乡，像所有由北往南迁徙的先民一样，落户于江南，根植于江南。

　　红薯生来就命贱。端午节过后，太阳的火爆脾气委实见长，吞吐出的气息都能烤焦路旁的草。一根红薯藤被村人剪成几段，随意朝土里一插，就再也无人理会。阳光暴晒下的红薯，委屈地蜷缩着叶片。一星期后，它们抵抗住毒日的淫威，绿中带紫的叶面泛出亮眼的光泽。

　　红薯的根在土壤中生长得比较缓慢，秧子傍地而走，疯了似的铺满地里，继而又毫无顾忌地延伸到小路，几近绊倒行走的农人。农人忍无可忍，举起镰刀，像割稻子一样把它们放倒，抱回家丢进猪圈。红薯藤在很多时候，都是猪的果腹之物。

　　但爱美的女孩喜欢凑上前，掐下一把红薯梗。去掉叶子，把红薯梗掰成一截一截，抖开，整根红薯梗像一串长长的耳环，被一条细丝连在一起。她们将这天然的耳环挂在耳朵上，在村子里四处招摇。

　　乡下缺菜的日子，也吃红薯叶。叶子焯水除却苦涩味，淋上麻油辣椒，味道像空心菜。红薯梗，翻炒比较简单，吃在嘴里有青草的气息，甘甜、好吃，特别去腻。记得小时候，每个夏季的晚上，父亲将饭桌放置院子里，母亲照例炒一盘红薯梗，我们就着稀饭，就着晚霞，吃得激情飞扬的，而天边的一轮明月高高地悬挂在山岗，把大人们白日的劳累和艰辛一并化作了一缕风，悄无声息地带走了。乡村到处呈现一派祥和、静谧的气息。

霜降来了，红薯的叶子蔫不拉几地耷拉在藤上，地里却是一个聚宝盆。一锄下去，到处是肥硕的根块。"白心"红薯脆而甜，适合生吃。而挖出来的"红心"红薯呢，我们等不及大人们背回家，寻找一个山包，捡一堆柴火燃起，烤得满山飘着红薯的香气。煨熟的红薯，从左手撂到右手，又从右手撂到左手，在两只手心里颠来倒去。我们嘟着小嘴吹热气，冷不防就被红薯画成了一个大花脸。有时因为心急，连皮也来不及剥，一口咬下去，舌头上常常烫起泡。顾不上了！红薯入喉，软、黏、甜的味道进胃，通体被红薯熨得舒坦之极，忍不住发出"哎哎"的几声。这当然不是叹息，是幸福的感觉呼之即出。

江南的风，充溢着红薯的风，弥散在村庄的四周，最终又成为我们身体内的某一部分。红薯聚合了阳光的温暖，贮存了土壤的香甜。

生在乡村的孩子，吃着红薯长大，他们的脸上泛着红薯的光泽，身上被赋予红薯的秉性和素朴的性格。

◎ 水缸

掀开黑魆魆的木头盖子，一缸清冽的井水，明亮亮一片，闪烁着乡村的容颜。竹制的勺子扣到缸沿，像用乡音与童年伙伴打招呼，"嗡——嗡——"，彼此回应着。

没有自来水的年代，乡下人离不开水缸。在老家，水缸多半是粗陶制品，有半人高，缸口大到双手怀抱，缸内有一层深褐色的釉，依稀照见人影。水缸由一抔土，一汪水，糅合成形，放置烈火中煅烧而成。它来源于大地，朴实无华，像极了水缸边生活的老百姓；它踏踏实实地进入寻常人家，一点一点梳理民间的烟火。

井为村庄积攒了一泓水，水缸为家人积攒一汪水。淘米洗菜，煮茶酿酒，不论做哪样事，都得找水缸要去。渴了饿了找水缸要去，清洗洒扫也得找水缸要去。女人是厨房的主角，她们勤俭持家，也谙知"女为悦己者容"的道理。她们在厨房忙前忙后的张罗，却总不忘对着水缸中的"镜子"，探头梳洗妆容或是整理衣冠。

中国人讲究"藏风聚财，得水为上"，水缸被誉为风水缸。村里每家每户都备有两口缸。一口水缸摆放在屋檐下，接盛屋顶上流下来的天上之水，以备生活用水使用。另一口水缸和灶台为邻，一家老老少少的平常日子就从这里开始。每天早上，身强力壮的男人用结实的肩膀挑回一担担井水，倒入缸内。女人生火点燃灶膛，从水缸里取水烧饭。只要水缸里有水，灶膛里的火就不会熄，日子就不会停止。水缸繁衍生息着一代代人，饱尝人间的酸甜苦辣，年深日久，它的身子慢慢陷入土中，仿佛成了一口小小的井，盛满了清清浅浅的光阴。

小时候，水缸里的饮用水都是父亲挑来的。晨曦才微露，父亲就从门后拿起扁担到井边挑水。父亲把水挑回来后，我站在一旁，看着水从桶中倒入水缸，旋转着、跳跃着，翻涌起碎玉般白花，心里莫名欢喜，直到水缸被父亲灌得满满的，方遗憾离去。每隔几日，父亲就挪动水缸，用刷子擢洗缸内，更换一次水。水缸里蓄满活泛的水，生活井然有序。水缸中的水与米相逢于锅里，散发出诱人的香味，让干活的人们有使不完的劲。我们小孩子每次从外面玩累了回家，跑进厨房，抓起勺子，一仰脖子，"咕咚咕咚"，喉咙间的水迫不及待地流入到肚子里，疲乏与饥渴瞬间消失得无影无踪。每到夏天，母亲喜欢将地里采摘下的西瓜投入水缸，等到下午，她抱出西瓜，一刀切下去，到处溢出冰凉的气息。

厨房的水缸滋养着我们身体，屋檐下的水缸却常年映照着日月星辰。幼时的我们时常爱趴在缸沿上朝水中看天，百看不厌。水洁尘去垢，乡村的景物经水一照，都变得澄明，色彩分明。湛蓝的天，雪白的云絮，清晰地显现在水缸之中。而在夏夜，月亮和星星悄没声地溜进水缸中。我们屏息静气，伸出小手去抓它们，它们酥酥地颤，又跑上了天空。

严冬来了，这个时节家里需要水缸的地方太多了。母亲和父亲一起倒掉缸里的水，把收割回来的白菜、萝卜洗净，一层层叠入缸里，用鹅卵石压上，腌制咸菜。一缸白菜萝卜还未来得及吃完，年货又得备下。趁着晴天，母亲将缸里的白菜萝卜腾出来，年糕装进了水缸。当家里燃起红红的火炉时，我们跑到水缸边，取出几条年糕，搁在火炉上烘烤。火苗雀跃，年糕"滋滋"作响，满屋了荡漾着浓浓的香味。年糕烘烤到白色的米浆上飞出油菜花的金黄色，就着辣酱，嚼在嘴里香脆可口，顿时将门外的寒冷驱赶了三分。我们坐在火炉旁，吃饱了眯眯眼，只觉得这样的日子温暖而舒服，美得不像是真的。

到了年底，家里杀年猪。肥硕的猪肉堆放在案板上，母亲眉头微蹙，发起愁。父亲端起茶缸，呷下一口酽茶，说道："多大的事，犯得着愁吗？家里再添置一口水缸就是了。"

父亲的语气中透着兴奋，好像不是花钱买水缸，倒像是欢迎家里又添了一口新丁。

桃园清韵

夜色如水，直沁肌肤，凉凉的。我起身，母亲睡得正熟，鼾声微起。悄然推开院门，周遭寂然无声。一股荷香盈盈而来，清清淡淡。月像个神奇的画师，挥舞着画笔勾勒夜的美丽。池中荷花与叶之间若隐若现，如一幅国画，浓淡得宜。菖蒲像国画中的字，桀骜不驯。心，静得听得见在跳。水池中的蛙早已不鸣叫，只有不知名的虫在呢喃。

踩着青石小径，来到桃园。园里的桃树，树影依稀婆娑。已是盛夏，桃花早已凋谢，果实零零星星地藏在枝叶里。丛林间吹过细碎的晚风，月牙挂在树梢。偶尔，月色经树叶的缝隙泻入草丛，那草也变成荧光闪烁。月下的木槿，斑斑驳驳。青草的味道扑面而来，有些涩涩，夹杂桃子的清香。

"花间一壶酒，对影成三人。月既不解饮，影却随我身。"此间没有酒，唯有影相伴，暂且学不了诗人。长长的影子拖在月下，越发显得孤独。远处，那一黛青山，朦朦胧胧，像野兽匍匐着。"无限楼前沧波意，谁采蘋花寄取。"心如云水，微凉。

桃树易老。俗话说得好："桃三李四。"桃园的桃花开了又谢，果子结了无数。短短的几年工夫，桃树的枝上，缀满了一滴滴宛若琥珀的树脂。枝干斜斜地垂落在地面，像个垂暮的老人，随时都有可能被一阵风雨折断。

上小学的时候，桃树正是风华好时节。

春天里，桃花压枝桠，一枝枝桃花，灿烂在风里荡漾，引来蜜蜂"嗡嗡"，盘旋在枝头不走。粉粉的桃花，每一片花瓣像是爱情的初样，热烈地点燃了整个春天的花事。桃花竞相开放，一股冷冷的美丽，泛滥成灾。粉的，白的，满园的花朵热烈绽放，迫不及待地、狂放地彰显那一份妖艳与妩媚。桃花的美在于动与静的荡漾，在风里，花瓣如雨，旋转舞动，翩然入地。在唇与齿之间，尽是桃花的芳香馥郁。

端午节过后，漫山的桃子在阳光里日臻成熟。饱满的桃子，在尖尖的一角露出了像少女嫩唇一般的殷红，绒绒的细毛，温润得如同祖母箱底的芙蓉被。

早在桃子长得如鸡蛋般大小的时候，父亲便在园子里搭建了一个简易的茅棚。看护桃子，不是提防有人摘桃吃，在乡下，你若是口渴，随手摘树上的果实，没人会说那是偷吃，怕的是人挑着担子，将满园的桃子偷摘精光。

小时候，我最喜欢做的事情便是看护桃园。茅棚的三面，铺盖厚厚的稻草，细竹编的篱笆门。里面摆放一张竹床，一盏煤油灯高高地挂在棚子的顶上。我睡在竹床上看书，闻着桃香，还有各色的野花与青草的气息一并扑面而来。桃园的左侧，父亲种了几行茶树，矮矮的茶树，老绿的茶叶下蕴藏着嫩绿的新茶。闲着的时候，我会提个小篮子，采摘一些嫩茶。茶树下是一个池子，里面种植着一池的荷花。荷叶的清香，撩动水面的蜻蜓。蜻蜓低低地掠过水面，涟漪满池。

　　我躲在茅棚里，既担心有人偷桃子，又迫切地渴望有人来偷。倘若听到风吹草动，我可以大声呼喊，像个英雄，无畏惧地大声叫喊。父亲在隔了几道田埂的地里锄草，只要我的声音提高几个分贝，他就能听到。可惜的是，我看护桃园那么久，一直没有小偷光顾桃园。

　　晚上看护桃园，父亲用不着我们小孩，他会拿上手电筒自己睡到茅棚去。如果遇到晚上有月色，父亲会捎带上我，手电筒里换上新电池，我们一起去照泥鳅。新撒下的秧苗田里，秧苗碧绿碧绿的，电光一照，泥鳅"扑啦啦"地在浅浅的水面翻腾。父亲拿着铁钳走在前面，我提着铁桶，不敢出声，小心翼翼地跟随在后，等待着父亲随时将泥鳅钳入桶中。钳泥鳅讲究的是眼明手快，看到泥鳅翻滚在水面，得敏捷地下手，倘若下手迟了，滑滑的泥鳅转身便钻进泥土溜掉。

　　偶尔也追随父亲抓青蛙。一阵大雨后，四周寂静，唯有此起彼伏的蛙声聒噪着，打破乡村夜的宁静。雨后的空气里没有一丝尘土味，清新得如谷雨后的绿茶。我和父亲蹑手蹑脚地用木棍拨开半膝高的草丛，青蛙鼓着一双大大的圆眼，"呱呱"地大声歌唱。青蛙这东西傻傻的，手电筒刺目的电光罩着它，它一动不动的，只会叫，不会逃走，等着你伸手去抓。

　　山上的桃子摘完了，茅棚依然不会拆走，因为山脚下瓜地里圆溜溜的西瓜，也到了成熟的季节。

　　看守西瓜比看守桃园更累。桃园的四周父亲种上杉树，荆棘丛生。园门关闭，村里的牛跑不进桃园。瓜地就不一样了，牛和地里的老鼠随时会跑进地里，糟蹋西瓜。碧油油的瓜藤爬满田里，圆圆的西瓜吊在藤蔓上，一个个喜煞人。午后的阳光毒辣，照射得眼睛都睁不开。我挥动着长长的竹子，站在树荫下，瞪着眼睛。田鼠是比较狡猾的小动物，它专门在午后趁人们休息的时候出动。它鬼鬼祟祟地从地洞里探出尖尖的脑袋，哧溜钻进瓜蔓下，挑一个最大的西瓜，用锐利的牙齿磨开瓜皮，红红的瓜瓢就进入肚子……

时光荏苒，一眨眼，我就成为一个已近秋声的中年人。这些年，辗转在每一个小城，桃园仍旧是割舍不了的梦。虽然那些纯净的岁月逐渐随风湮灭，可是那份情感却是愈来愈浓，在每一个夜里，都会像风里的长笛，呼啦啦地闯进我的梦里。

白居易的《琵琶行》中写道："夜深忽梦少年事，梦啼妆泪红阑干。"在低眉回转的瞬间，我们会记得那些曾经尘封的旧时光，也只有在夜里，在温度最低的时候，旧时的时光会从生命的最柔软处，涌上心间。

夜色催更，清尘收露，小曲幽坊暗。不知何时，天边露出了一抹曙光，挽着晨风，笼一袖的清露，归去。

菜花满地黄

　　从树上跌落下雏鸟拿捏不住的初鸣，院子里的几株玉兰树，成片成片地开着白色的、粉色的花朵。我心里窃喜着，小镇的春来了。

　　与一女友相约去乡下看油菜花。

　　其实，最初的我是不太喜欢油菜花的。金灿灿的，没完没了的黄，泛滥成一片，无端地教人想起暴发户一夜骤富的珠光宝气，俗不可耐。我对油菜花向来都是不冷不热的，面对油菜花的热情，我远远地相望，疏离它。

　　正月里，父亲送来十斤菜油。开了瓶盖，很浓郁的香气，烧的菜肴里也尽是油菜花的味道。爱屋及乌，吃了油菜花的油，必定得与油菜花有一场春之约。

　　晴天，微风。

　　在春天里，风是轻轻的，生怕惊扰了油菜花。水在田间流淌，不敢有一丝的声响。山坡上，疏竹百株，掩映着金黄的油菜花。声势浩大的油菜花依附着山坡的地势，一层层，错落有致地铺开了一张张黄色的地毯。我觉得整个天地被油菜花的黄点亮了，明晃晃的，这些亮也是春天的亮。黄色的油菜花，像是开在尘埃中的花朵。在每一朵花的表面，不动声色；在花蕊中，隐隐的暗潮涌动。竹林旁，雪白的梨花细细地飘落着，透迤着人世的安好和清明。一花、一竹、一山、一水，真正是"花落衫里，影落池中"。

想起了民国才女张爱玲。

"出名要趁早"的张爱玲第一次带着她的《沉香屑·第一炉香》和《沉香屑·第二炉香》去叩开仰慕已久的上海文坛的大门。她选择了一件鹅黄色的旗袍。无疑，张的文字就像明亮的油菜花，点燃了整个上海的春天。后来，张爱玲去温州看落难的胡兰成。胡送她回上海，在码头上，张拿着胡赠的黄色油纸伞说："伞。"胡说："布伞。"张爱玲举着伞在船边黯然涕泪。那伞，像油菜花，在张与胡分手的若干年，那些明晃晃的黄一直徘徊在过往的经年里。爱胡兰成到尘埃的张爱玲，喜欢戴一副嫩黄色的框边眼镜，那黄把张的脸型衬得像月牙儿。在四十年代的中国，张爱玲的这种穿着打扮，不得不说是特立独行的。《她从海上来》中刘若英扮演张爱玲，却是怎么也没有张的韵致，毕竟张爱玲是这个世界独一无二的，没有人能够代替她，除非她再生。油菜花为了迎接春天，恣放出它的美丽，蔓延了春天的气息。张爱玲引领了那个时代的文学，但是在感情上，因为懂得所以慈悲的张爱玲，她选错了对象，以至于她的黄，泛黄得有些旧了，就像那些黑白照片，一寸寸、一寸寸地黄下去。实在是令人心碎，扼腕叹息不已。

《立春》中的王彩玲说："春天来了，风真的就不一样了。"

是的，在这个春天里，风中都是浓郁的油菜花香，一阵比一阵浓烈。竹林旁的梨花静得有些贞烈，而地里的油菜花，浩浩荡荡不甘落后拼命地往前挤着，似乎晚了，真的就来不及了。清简的心突然就艳了，蠢蠢欲动，最终在油菜花的热烈面前溃不成军。宛转蛾眉马前死。泛滥了一个冬天的心思，油菜花忽而大面积地盛开，不顾一切地爆炸在春天里。开，就这般的如火如荼，没有一点回旋的余地，黄了这片，又弥漫了那一片。你爱不爱，你来不来，油菜花的春心都飞悬于空气中，以最隆重的声势，让我们臣服。

油菜花开得最好的时候，我们就站在菜花旁，看着一群群蝴蝶追逐着花朵飞舞。

张爱玲的闺蜜炎樱说："每一只蝴蝶，都是从前一朵花的鬼魂，回来寻找它自己。"

我们多么愿意化作一只只蝴蝶，飞扬在这满地的菜花里，飞扬在这无限美好的春日里。

冷露无声湿桂花

门前的桂子，金色的小花朵，恣意盛放，满院都是浓郁的桂香。一阵秋风吹过，树下铺了厚厚的一层金丝绒，软软的。桂香落进稻田，沉甸甸的稻穗，压弯了田野。桂香飘进林间，漫山的板栗，叮咛有声。

中秋节的前几天，母亲就开始忙碌于厨房。灶膛里红彤彤的火苗，一直跳跃着。母亲熟稔地炒完了花生瓜子，接着煮粽子，粽子里包着板栗和腊肉，醇香的腊肉味和板栗的清香，夹杂着黏黏的糯米气息，历久弥香，让人垂涎三尺。

忙完了厨房，母亲又忙着上街买鱼肉和月饼。遇到年成好的日子，母亲还会偷着用积攒下的私房钱，为我们买一些时令的水果。那个年代，水果极其珍贵，新鲜的水果在我们小孩的心里，远比地里的红薯更具有诱惑力。

当村庄最后一缕炊烟袅绕地飘散在夜色中，如水的圆月从地平线冉冉地升起。母亲招呼着父亲端出家里的小圆桌，放置院子的中央，将洗净的水果放在一个透明的玻璃盘子中，小心翼翼地端上桌。那个玻璃水果盘据说是祖父传下来的，白如脂，绿的、紫的水果摆放在里面煞是好看。

　　月亮挂在树梢上，月色如水，一泻千里。清浅的月辉穿过院子里的桂子，斑驳地投射在地上。院子里的鹅卵石，闪烁着淡淡的圆润之光。母亲带着我们点燃香火，虔诚地对着月亮祷祝。圆圆的月亮，洒落下一地银色的光芒。我们的心里像是水洗一般的干净，充满无限的膜拜。夜风摇曳了桂子，暗香缭绕。墙角深处，秋虫温婉地鸣唱，藤蔓逶迤矮墙上。沁凉的月色，契合着某些潮湿与苍茫。晚风携着幽远的岁月，仿若一枚如歌的行板，渡着我们走进了无尽的欢喜之中。

　　祭拜后，我们的肚子早已饥肠辘辘。一个个如同饿虎下山，扑向小圆桌，一手水果，一手月饼，缠着母亲讲故事。"嫦娥奔月""吴刚伐桂"……一个个神话故事自母亲温软的浙腔飘出，说不尽的缱绻与凄美。空气中散淡着桂子馥郁的香气，我们恍惚了，分不清香气是院子里的桂树散发，还是月宫吴刚砍伐桂子不小心掉落了一地的桂香。月亮更圆了，盈盈之处，薄凉薄凉的。浅蓝色的夜，悄悄地溢进屋里，月色如白练，由窗折射而入，秋的浅意斟得宁静的夜晚满满的。

　　母亲讲完最后一个故事，催促着我们去睡觉，翌日早起赶集。我们意犹未尽，一边不情愿地脱衣上床，一边畅想着集会上的热闹。

　　童年的中秋节总是与桂子缠绕在一起。

　　读书时期，为了省回家的路费钱，我们几个女孩子孤独地留在学校守着中秋节。我们站在空无一人的宿舍墙角下，孤独地望着天边那一轮明月，寂寥地挂在天空，薄如蝉翼的云纱，在空中飘来飘去，慢慢地积淀成厚厚的一片云絮。我们的乡愁如同云絮，渐渐地浓得化不开了。于是我们几个女孩子走出校园，游荡于小城的青砖黛瓦。

寂静的小城，唯有我们几个女孩的脚步踩在青石板上"咯吱咯吱"地回荡在四周。古老的小城，信江河水汩汩地流淌，唱着千年不变的歌谣。月亮倒映在河中，河水泛起波光粼粼，一如繁星的夜空。一叶渔舟，在水中央寂寞地荡着。沿着辛弃疾的足迹，小城苍茫的光阴在我们的指间捻过。落寞，不可遏制地包裹住了我们，乡愁，泛滥成灾。一条条窄窄的小街，一个个幽深的巷子，桂子的香气若有若无，潜藏在每一寸砖瓦中，蔓延在空气中的每一粒微分子里。未来、希望、乡愁、孤独，百转千回，一切都似乎遥不可及，一切又似乎握在手中。所有的情愫糅合在一起，一并引发了我们内心渴望释放的能量。我们在小城奔跑着，肆无忌惮地大声叫喊着。我们的叫声打破了小城的安宁，一个女子推开临街的窗户，朝着我们呵斥："闹什么闹？"声音与身段一般的袅娜。我们抿嘴偷乐，月光倾城扑向我们，铺天盖地地笼罩了小城。

结婚后，与外子离开了老家，来到了另外一座陌生的城市打拼。

我们蜗居在高高的四楼，每年的中秋节，城市洋溢着节日的气氛，街上都忙着卖月饼、买月饼。小时候，我渴望着过节，现在最怕的就是节日。一家三口，待在没有亲情的小城，总有一种被人们抛弃的感觉。外子买鱼买肉，忙乎着。晚上，一桌子的佳肴，没动什么。我们草草地结束这个传统的节日。全家人坐在阳台上赏月。城里的月光如柠檬，淡黄的，有着洪荒的味道。倒是月亮勾起的乡愁，惆怅不已。我静静地伫立在月下，没有桂香的中秋，究竟还是少了点什么，就连月饼的味道都不如从前的美味。搁放在冰箱里的月饼，只是象征性地咬着一小口，隔天清理冰箱，"啪"地扔进垃圾桶。那一声，敲碎了梦里的桂香。

　　"中庭地白树栖鸦，冷露无声湿桂花。今夜月明人尽望，不知秋思落谁家。"王建的《十五夜望月》，不由得吟在唇角。相思落谁家？

　　当时，只道是寻常。

听取莲花声

很多年前读台湾洛夫的诗《众荷喧哗》："众荷喧哗／而你是挨我最近／最静／最最温柔的一朵／要看／就看荷花吧／我就喜欢看你撑着一把碧油伞／从水中升起。"那个时刻，心里总是泛起一些清凉，觉得与池子里的莲花劈面相遇，字里行间都洇染了所有的长风浩荡，荷花的枝枝蔓蔓皆隐匿着万千端倪。

小时候最喜欢偷看新娘的合欢被，鲜红的被子上绣着缠枝莲，饱满而生动。十六岁那年，母亲给我缝制了一条藕色的连衣裙，裙角处是母亲亲手绣上的一朵荷花。母亲的女红一向是最好的，那荷花别致地盛开在裙子上，薄凉在心底安营扎寨，清愁是与生俱来的。

古人用十二个月来形容女子，一月齐聚、二月水谷、三月驼云、四月裂帛、五月袷衣、六月莲灿、七月兰桨、八月诗禅、九月浮槎、十月女泽、十一月乘衣归、十二月风雪客。唯有六月的莲灿，是一个女子最美好的时候，如莲绽放。"花开堪折直须折，莫待无花空折枝。"也只有赏花的人懂得珍惜，懂得怜爱，花才不枉开这一次。"片片莲灿都为我惜生"，天青色等烟雨，素心花等的是素心人，就算误入藕花深处，仍嫌不够。

　　荷花绽放是孤注一掷的，像飞蛾扑火。明知道扑过去是玉石俱焚，依旧是义无反顾地扑过去。我喜欢这种义无反顾的爱和恨，凤凰不经历浴火，绝对成不了涅槃。光转谈影渺微寒，浮在光阴上面的都是心碎，欲说还休。

　　荷花不与凡花同，即便颓败了，也有一种美直入人心，教人怦然心动。张岱说："盖文之冰雪，在骨，在神。"残荷历经凄风冷雨，落处孤峻，看似寥落，其实有着自己的铮铮之骨，伸展着自己的高格，散发着特立独行的味道。看取莲花净，与荷花短兵相接，能做的也只是俯首称臣。

　　《红楼梦》四十回"史太君两宴大观园　金鸳鸯三宣牙牌令"中，宝玉道："这些破荷叶可恨，怎么还不叫人来拔去。"黛玉道："我最不喜欢李义山的诗，只喜他这一句'留得残荷听雨声'。偏你们又不留着残荷了。"宝玉道："果然好句，以后咱们就别叫人拔去了。"超凡脱俗的黛玉喜欢听雨打残荷的声音，听的是寂寂的一笔，她和沈从文先生的"我全是沉闷，静寂，排列在空间之隙"不谋而合。

　　也记得秋天去十里荷乡看荷花。风声鹤唳，荷花清高寡意，映衬着湖面。风烟俱净，优雅与风情在骨子里。坚定、清远幽深、素色、光芒、清丽，形成了气象，一举手一投足，气吞山河。繁华过后的清凉，逶迤出的是别样的动人。病蚌出珠，就像一些如莲的女子，老了、病了、穷了，韵味依然动人心弦。

　　盛夏，读苏青。这个才华与张爱玲齐名的民国女子，晚年蛰居在上海浦东的一间陋室，穷困潦倒，年衰体弱地独自养花莳草。爱人和亲人离去，朋友所剩无几。只有一个与她相交的女作家一直和她常常通信，在不同的季节里给她寄去一些不同时令的花种。那一年，苏青的病愈来愈重，知道自己来日无多，就给朋友写信道："如寄花籽，只要活一季的花……"

掩卷唏嘘不已，才华横溢的苏青犹如一株残荷，临到老了，依然是以莲花的姿态清冷孤寂地活着。珠含玉落，收敛着尘世的种种，从容而淡定。这样的女子在岁月的沉淀下，修炼成了一枝独特的荷花，盛放着隐忍和素素然的光芒。

打开音乐，齐豫的《莲花处处开》像是诵经般地唱着。"一念心清净，莲花处处开。一花一净土，一土一如来。"恰恰应了眼前的景，齐豫天籁的声音唱出了禅意，禅化作了一枝莲花，如同一首唐诗、一阕宋词，袅娜地蔓延在六月流火的空气中。

去书店找苏童的散文集，倪萍的《姥姥语录》映入眼帘。年轻时候的倪萍，靠着连续主持十三届"春节联欢晚会"走红大江南北。因为儿子的眼疾，丈夫离她而去，她一人带着儿子打拼在艰辛的路上。后来，倪萍辞去主持人的职位，进入影视制作中心。我看过《美丽的大脚》中的她，远离了原来在云端的煽情，多了一些接地气的本质。今年五月，在电视里看到一段采访倪萍的访谈节目。她向观众展示了自己的绘画艺术，吓了我一跳，这个女人还真爱折腾。五十多岁的人，在荧屏上风采依旧，谈吐如莲。她说自己是以一种"无知者无畏"的姿态自学画画，深者看深，浅者看浅，她不在乎人们以什么样的眼神看待她的画，看待她写的书，她喜欢以自己的方式，行走在自己的光阴里。

华丽转身，如莲的女子永远是以莲的姿态，散发着莲的清幽。正如沈从文所说："照我思索，能认识我；照我思索，能认识人。"

"蝉鸣依旧／依旧如你独立众荷中的孤寂。"我聆听着莲花开又落的声音，悄悄地在自己的心里绽放出一朵属于自己的莲花。

有情种种

世间种种有情，有情种种。情是人之魂，人是情之形。
我低眉，谦卑地感受着。烟雨江南，把尘事泡在雨的温度
中，心里的云雀欢喜地唱着。

——题记

（一）

喜欢光顾楼下的小吃店。

小吃店不大，二十几个平方米，简单地放置着三张小方桌。
也不尽是店里的早餐做得入味好吃，客观地说，我缠绵于这里的
某种气息。

早春桃花开，方桌上总是插着一两枝户外采摘来的花，教人
知道了春深。接着，杜鹃花、栀子花，一一地呈现在桌上。花瓶
有时是空的可乐瓶，有时是一个小竹筒。小小的店里，团转着四
季的风烟。

店主是个三十多岁的女子，长得瘦瘦弱弱，带着一个八九岁光

景的小女孩。每一次进店，店主都是安静地微笑，这种安静，犹如雪夜里的一枝寒梅，淡淡地绽放着自己的气息。

周末的时候，经常看到小女孩跑里跑外地帮母亲的忙。母亲看女儿的眼神，总是说不尽的疼惜。偶尔还会看到一个男子挂着拐杖，一瘸一瘸地立在门旁，男子的脸上掩饰不了病态。但是从我见到他的第一次，他的脸上自始至终都和女店主一样，永远笑意盈盈。

因为人和气，加上店里卫生干净，社区的居民都喜欢上小店用早餐。

遇上雨天，常常看到老板娘扶着男子坐在桌旁，轻轻地为男子按摩，两人低低地说着什么，他们的女儿坐在店里乖巧地写着字。

后来听人说，男人在财政局上班，单位体检查出骨癌；女人原本在铁路上做乘务员，为了照顾男人不多的日子，辞职盘下这家小店。

半年后的一天，我看到了女人穿着一袭黑衣，衣服上的扣子缠绕着几根麻绳。而店里的桌子上摆放着一枝桂花，桂花暗暗的香气衬托着店里的忧郁。

女人依旧微笑着迎接每一个顾客，而我依旧喜欢坐在店里，拨弄着碗里的粉条。桌子上的竹筒里依旧更换着四季的花儿。

（二）

老杨是个有着诗意的油漆工。

他随身时刻带着一个算盘，计算工钱喜欢"噼里啪啦"地拨弄算珠子。他的算盘打得极好，让我对这个90后的青年刮目相看。

家里店里弄油漆，我都会叫上他。

他二十岁高考那年，差两分没被录取。因为家里穷，他没有复读，跟了舅舅学油漆。

他说，油漆，就像画家搞艺术一样。

我时常戏谑，问他："你的作品何时流芳百世？"

他笑着挠挠头，说："只要你们的房子不拆，我的艺术永垂不朽。"

老杨喜欢旅游，是个驴友。这两年家里的境况好了，他不用辛苦赚钱，花八千元买了一辆摩托车，四处游走。他老是对我说，有一天，他会骑着摩托车，穿过拉萨。

我笑着劝他，别因为贪玩而耽搁了赚钱。

他收起以往嘻哈的模样，一本正经地对我说："人，有时活着不仅仅是为了钱，得懂得享受生活，享受大自然的一切。况且，我每月赚的钱比上不足比下有余，知足者常乐。"

我汗颜，我们每天忙碌不已，为了物质上的某些东西而忽略了生活的真正意义。

后来，一个朋友告诉我们，老杨独身去了拉萨。老杨的油漆店因为没人经营，不久就关门大吉。我闻言哑然。

等到联络到他的时候，他竟然在电话的那头，邀请我们去拉萨参加他的婚礼。他说拉萨的风，拉萨的云，圣洁了他的心灵，邂逅的一场因缘是天定。他决定在拉萨开一家油漆店，继续他的"艺术人生"。

有老杨这样可爱的朋友，有时想想真是一件快乐的事情。

（三）

晚饭后，我一向喜欢在小区四处走走。

傍晚，小区一直是最热闹的场所，常常云集形形色色的人。

在众多的人之中，我经常看到一个坐在轮椅上的中年男子，确切地说他应该是躺在轮椅里。轮椅上绑着一个枕头，他的脑袋软软地瘫倒在枕头上。他时常由一对年迈的老人推着，走在林荫道上。

十年前的夏天，他带着孩子去水库游泳。走近水库，他听见岸边有人哭喊着"救命"。他来不及脱衣服，急匆匆跑过去，在水库旁的凹凸处，他看见一个男孩的头在水面上沉浮。岸边上几个十一二岁的男孩，穿着湿漉漉的短裤，惊慌失措地哭着。他没有多想，直接跳下水。不幸就此发生，这一切不过是孩子们的一场恶意闹剧而已。他跳入水中，水极浅，他的头急速地碰到水库下的岩石，头钻进脖子里，就像乌龟的头缩进壳里。

高位截肢后，他再也站不起来，不得不离开了教师岗位，而妻子带着年幼的孩子离开了他。

那几个制造闹剧的孩子，他没有追究，只是象征性地批评了几句。

五月的桦树，绿意扑怀。我坐在黄昏里，问他后悔当初吗？

他歪着脑袋，微笑着说："怎么会后悔？如果是真的，我没能救上那个孩子，我会一辈子都生活在阴影里，身体健全，心里却不会快乐。我现在虽然身体残缺，心里却亮堂堂，无愧于自己。"

他说着这话的时候，晚霞正映照着他的脸，荡漾着一轮光环。身边的一对老人，自豪地望着轮椅里的儿子露出慈爱的笑容。

（四）

烟雨江南，阴雨下个不停。漫天飞舞的雨丝，如田间细碎的满天星，细细地飘洒着。

我撑着伞，雨里有潮湿的烟火味道，我贪婪地呼吸着。

走过楼下的小吃店，店主手里的栀子花，洁白无瑕的花朵，散发淡淡的清香味。拿花的人心怀欢欣，看花的人心存花香。

牛奶店年轻的老板娘抱着几个月的婴儿，婴儿的笑靥，是爱情的初样。

公安大楼的门球场上，正在冒雨进行老年门球比赛。阿婆阿公们兴致盎然地推着门球，一头白发凛冽地飞扬在雨丝里。

夏花绽放，我闻见了生命的芳香，像金属般掷地有声。

第四辑　忽已晚

　　寂寞了许多年的村庄，以我们看不见的速度，一天天地远离我们的记忆。夜晚随着村庄的走失，破裂成一个个细碎的镜片，映照出我们内心的荒凉和灵魂的残缺。

夜晚的忧郁

当村子里最后的一缕炊烟淡化在夜色的甬道时，月亮升起来了，村庄像一枚果仁被月色严严实实地包裹；而月亮俨然一匹白色的骏马，在群山的掌纹间驰骋。它的瞳子投射大地，梳理着村庄的每一个亮光，每一个皱褶，以及村庄的日常。一年四季的植物缠绕着，循序生长。羊齿的、蕨类的、灌木的、乔木的，它们散发出的气息刺激着月亮。月亮忍不住打了个响鼻，村庄微微地晃动了一下，影影绰绰地重叠出黑白交替的幻影。渐渐地，它与月亮一样闪闪泛光。

有月亮的晚上，故乡的村庄蠢蠢欲动，隐藏着许多不为人知的秘密。而这种神秘感似乎暗合了我们某些精神层面上的一些东西，使我们的灵魂得以安静，蕴藉如水。倘若人是自然的动物，夜晚则是人类释放天然的温床。在夜的沉静中，我们依稀暗中与自然相接。在与自然相接的过程中，我们有着出世的干净和欢喜。

记得祖母在世时，每逢七夕、仲秋，她都会沐浴干净，带着我们一起祭拜月亮。挑选祭品，是祖母亲自操办的。鲜花和果品，必须是最新鲜、最好的。我们跟着祖母恭恭敬敬地向月亮行礼，谦卑而虔诚。祖母用素朴而古老的方式，教我们身似明月，清澈无瑕秽，宽容待人如夜。我的祖母念过几年私塾，却是时运不济、命运多舛。老了的她宛如饱经风霜的残莲，有着自己的格调。

惊蛰一过，白天蓄势待发的植物和动物，在月光的掩护下活泛起来。草丛中到处响起了昆虫拿捏不住的试嗓声。它们按捺不住寂寞，在微熏的夜风抚摸下，一个个钻出潮湿的地穴，觅食、交配、繁殖。它们蛰伏在夜的各个角落，打破了夜的寂静。田里的庄稼在日间充分吸收阳光的能量之后，在夜间舒展枝叶。若是挨近它们，便能聆听到庄稼拔高长节的声音。在安静中倾听万物，岁月无染，时光静止，仿佛生命的片刻凝结成永恒。

月亮掠过门前的芭蕉时，芭蕉在月亮的瞳仁里怅惘地开着花朵。一朵又一朵的花朵婉转着光阴的苍茫。月亮纵身跃入池塘，水畔的蛙声此起彼伏地应答着夜色。翌日清晨起来，总能瞧见池塘边的水草上滚动着许多晶莹的露珠。月亮越过山岗的松树，松脂浇铸在一只夜里捕食的蜘蛛身上——是生与死的交替，是瞬间的永恒……月亮的影子从我们的脚下延伸至远方，而远方是我们所不知道的一个新世界，它与夜色一样充满神秘。我为发现这一切感到莫名的兴奋和忧伤。我的父亲则不以为然，他总是在我陷入遐思中不合时宜地递给我一只塑料桶。父亲喜欢月夜，但他更喜欢在月夜用钳子夹水田中的泥鳅和黄鳝。白花花的月亮映照着水田，移栽水田中的秧苗根系刚刚萌发出新根。藏匿淤泥当中的泥鳅和黄鳝在夜间倾巢而出，它们在秧苗中呼朋唤友。我们蹑手蹑脚地走在田埂上，天性狡猾的泥鳅和黄鳝一听到动静，便会扑腾淤泥落荒而逃。可它们再快也快不过父亲，父亲瞅准时机，钳子下水从不落空。我手中提着的塑料桶慢慢地沉了，父亲接过桶，领着我去地里察看瓜秧。瓜秧牵出藤蔓，长出圆滚滚的西瓜，我们就打木桩、搭瓜棚。在炎夏，村民们守着瓜棚，摇着蒲扇，隔着一条田埂谈论农事。而我们唱着祖辈们留下的童谣，踩着月亮跌跌撞撞地追赶萤火虫。有时，空阔的山野吹着窸窸窣窣的夜风，我会突然想起逝去的祖母和村人，想到了亘古的夜空下是不是有一群少年如我们追着萤火虫？他们的影子是不是和月亮一样瘦成了弯弯的镰刀？天边的一颗星星，闪耀着暗红色的光，旋起旋灭，明明暗暗。月亮收集着尘世的声音，村庄寂寂无声。

月夜有秘不示人的气场，它汲出忧伤和希望。而夜风吹拂的村庄，让我看到了村庄的温情。每天，我们枕着夜入眠。月亮和夜风都是村庄的灵魂，它们生生不息地塑造着一代又一代农人的心灵。

但我得承认自己曾经惧怕黑夜。

小时候，天一擦黑，我就躲进有光的房间，不敢出去。黑夜中的村子，没了白日的喧嚣与劳作，安静得如同一条静静流淌的小河。而身处村子里的我们，仿若一条条鱼。我不敢确定，我们的前身是不是从冰河期走来的鱼。可是有一点我笃信，鱼离不开水，我们村里的人离不开村庄。他们生于斯，死于斯。活着的时候，他们粗糙的手抚摸过庄稼草木。死后，他们的身体埋在路边的林子中，安然享受大地的深沉。记得读小学五年级时，学校规定晚上补课。村里与我年纪相仿的孩子早已辍学在家帮大人干农活，而我必须上完晚自习独自走路回家，路途中要经过一片坟地。有几次晚上放学回来，我听见林子里有猫的诡秘叫声。幼时常常听母亲说，猫是黑暗中最有灵性的动物。黑夜中，它们或是蹲在矮墙上，或是埋伏在灌木丛间，守候着晚归的人。母亲说，猫喜欢数人的眉毛，当人的眉毛不小心被猫数光，家里人就该为此人准备后事了。我怕猫比怕黑夜还要多几分。家里养过一只黑猫，浑身长着黑得发亮的毛。自从家里有了黑猫，我总觉得村子由白昼变成黑夜，都是黑猫在作祟。每个黑夜从黑猫的嘴巴、鼻子以及它弓起的身子开始，一点一点地漫到林子、田野和远山。铺天盖地的黑似乎是黑猫身上抖下的浓浓墨汁，洇开了天地万物，给黑夜带来了无尽的未知与凶险。

猫叫声不断地传入我的耳中。黏稠般的夜色自黑暗的通道里满溢出来，它们与我潜意识中的恐惧同时抵达我的内心，并以方阵的形势密不透风地席卷了我。不知是谁扼住了我的咽喉，我喊不出声，捂着眉毛拼命地奔跑，犹如一条有趋光性的鱼，急切而张皇地寻找光源体……

多年后，我和爱人随着进城的队伍在城市筑下了一个小窝。城里的夜晚，仅看到霓虹灯的闪烁，看不清夜的真实模样。人造的灯光和噪声使城市永远处于亢奋的状态，夜晚失去了原来的本质。我们在通明的灯火中日益变得浮躁、焦灼不安。于是，借着安抚夜晚情怀的名义，我们惊慌失措地回故乡。家乡的村庄却在我们每次回家的路上，悄无声息地走失了。荒草掩盖的破落瓦房里，住着风烛残年的老人。一批又一批年轻的村民爱上了城里的繁华、热闹，他们携家带口辗转进了城。舍弃不了土地的老人艰难地维系着村庄的脉搏，但他们和房子一样抵不住岁月，日渐疲惫、沧桑。远远望去，冷清清的房子如一座无人问津的野坟墓。村子里除了几声寂寥的狗吠声，连孩子的哭声和喊声都没有了，更别想听见趁着明月嬉戏的笑声。田里地里的泥土在石缝间悄悄地溜走了，镰刀、犁铧、锄头靠在无人知晓的角落里，铺满了锈迹。从前日夜"哗哗"地唱着歌谣的小河，裸露着孤寂的鹅卵石。干涸的河床一如我们的眼眶，生涩得流不出泪水。风吹在脸上没有草木的清香，只有无限的惆怅。寂寞了许多年的村庄，用我们看不见的速度，一天天地远离我们的记忆。而夜晚随着村庄的沦陷，破裂成一个个细碎的镜片，映照出我们内心的荒凉和灵魂的残缺。我们成了无家可归的异乡人，徒劳挣扎着，寻找漂浮在水上的梦。

某个深夜，在城市的我被窗外燃烧的烟花惊醒。梦醒的我，很震惊地发现自己许久没做过梦了。人在夜晚养精蓄锐，净化自我心灵，没有了夜晚，我们孤独的灵魂无处安放。

陡然间想起了养在鱼缸里的鱼，春天里，我带着孩子去郊外踏青，在一摊不到脚踝的水洼里，孩子兴高采烈地抓捕了三条小鱼。我把鱼装进矿泉水瓶中，回到家，孩子迫不及待地拉着我去楼下超市买了一个玻璃缸。每天放学，孩子多了一件功课，书包来不及放下，他便喂鱼食。隔三岔五的，不用我们吩咐，他主动地给鱼缸换水。几天后的一个早上，他闯进我的房间，哽咽着对我说："妈妈，我们的鱼死了。"他拉着我的手走到鱼缸前，鱼缸中，三条鱼翻着肚子一动不动地漂浮在水面。

鱼和人一样，离开赖以生存的河水，找不到一个可以做梦的空间。不知道夜晚的记忆是不是也会在我们猝不及防的时候，一点一点消失，直至湮没。

一架蔷薇满院开

五岁时，父母忙于生计，无暇照看我，那时农村还没有幼儿园，他们便把我托付于村头一户姓项的人家。早上，母亲送我过去，晚上，父亲接我回家。

这一家人从贵溪逃荒而来，后来在村头搭建了一座土坯房，就算在我们村中安家落户了。

户主是个五十多岁的高个子老头，虽然年岁已老，可是精神矍铄，天生一副乐呵呵的模样，看着亲切，我称他为爷爷。他的老伴瓜子脸，年轻时是个美人胚子。都说穷人家出俊男靓女，他们的五个儿女，遗传了父母的优良基因，两个儿子长得像院落里的梨花，面若冠玉；女儿一个个宛如院里的蔷薇，娇艳无比。

爷爷的土墙屋，只有两间房，一间搁着爷爷奶奶的门板床；另外一间，五个儿女打着地铺。夏天，地上搁着一苇奶奶自己编织的粗糙草席，冬天铺着厚厚的稻草。

厨房和厅堂共用，一个简陋的土灶，上面放置一口大铁锅。煮饭的时候，没有油的锅里，青菜在里面烧得通红，"嗤嗤"作响，烟雾弥漫整个土墙屋。这时，奶奶就会挥着锅铲，让家里最小的女儿抱着我到院子里玩耍。

院子的墙角有野生的蔷薇。一簇簇的，纤秀的藤蔓，无风娇影自轻扬。满院子弥漫着蔷薇的香气，像旋涡。人在院子里走来走去，身上都沾满了花香。

爷爷的小女儿"钵头"，眉清目秀的。出生时，奶奶找不到瓷碗喝水，随手拿了地上的钵头盛水，后来就为她取名为"钵头"。钵头长我四岁，抱着年幼的我跌跌撞撞地出屋。走到门槛前，脚步迈得低了一些，"扑通"一声，我们两个一起摔在门外。我吓得哇哇大哭，她紧紧地抱着我，不敢松手。奶奶惊慌失措，急急地跑来。她一把抱过我，上上下下、仔仔细细地检查我不曾受伤后，才蓦然发现，钵头的膝盖磕到门槛，血洇湿了她的裤子。钵头像秋后树上暗哑的蝉，怯怯地望着奶奶。奶奶放下我，连忙往钵头的伤口吐口水，从铁锅底刮出一层黑乎乎的锅灰，涂抹着止住了流血。自始至终，钵头没有吭一声，奶奶忧伤地看着钵头，长长地叹口气，说道："不是娘不心疼你，只是伤了人家的孩子，如何对得起她的父母。再说，人家一个月付的工钱，够你爹忙上一阵子的。咱拿人家的钱，得拿的心安理得。"钵头懂事地点点头，回道："娘，我晓得。叔婶他们对我也好，我不会让青儿受到伤害的。"从那以后，钵头再也没让我摔过跤。

我喜欢吃田螺。院子的左方有一个小小的池塘，水不深。每天中午，爷爷就会带着我们去池塘捞螺蛳。爷爷把我安置在岸上的柳树底下，他吩咐钵头看好我，然后卷起裤脚，慢慢地走下水里。午后的太阳毒得如同一个火球，张牙舞爪地烘烤着大地。钵头拿着蒲扇，蹲在我的身边，轻轻为我摇着。池塘的水面俨然奶奶烧开的一锅热水，沸腾着。爷爷弓着背，蹲在池子中，不一会儿，汗水湿透了后背，两条小腿青筋暴出。浮在水面上的木盆渐渐地沉了，爷爷方上岸。

炒田螺必须得放油。奶奶每次烧青菜都舍不得往锅里放油，唯有烧田螺，她才会拿出珍藏的菜油罐子，小心翼翼地举在锅旁，然后浅浅地一晃，两三朵油花就溅在锅中央。烧好的田螺端上低矮的小桌子。小桌子，是父亲从家里搬来的。大家坐在几块石头垫成的凳子上，沉声吃着碗里的青菜，谁也不会去夹桌上的田螺。钵头坐在我的边上，拿竹签悉心地剔出壳里的田螺肉。鲜嫩的螺蛳肉堆在我的饭碗里，如同一座小山。

院里的蔷薇开了一茬又一茬，光阴在树叶的缝隙里游弋。

一眨眼的工夫，我就到了上小学的年龄。爷爷家里依旧一贫如洗，依旧住在土墙屋里，五个子女依旧放养在地里。

每天早上路过村头，爷爷总会悄悄地塞一枚鸡蛋到我的书包里。而傍晚放学回来，我首先就奔向爷爷家里。摸摸篱笆上的绿芜，嗅嗅院子花儿的清香。我眷恋着院子里的一草一木，我与这个院子有着不可割舍的情感。

后来我读初中，寄宿在学校。爷爷隔三岔五地，让钵头送几个鸡蛋去学校看我。

高一暑假回家，母亲拉我进房间，从兜里掏出一个红包，低低地说："青儿，去祭拜一下项奶奶，她已经去世了。"我一下子怔住了，脑子"嗡"的一声，不敢接受这个事实。

似曾相识的院子，院里的蔷薇如昔绽放，只是物是人非。我站在院子里潸然泪下。

奶奶死后，爷爷似乎一夜间苍老了许多，高大的身体似乎一下子变得佝偻了。他遇见我的时候，照旧会塞给我一小块饼干或是一粒水果糖。他的大儿子娶妻成家，隔年带着新婚的妻子肩背行囊出远门去打工了。三个女儿都已经嫁人为妻，顾及不到老人家的生活，小儿子一天到晚四处混，不见人影。爷爷一人住在土墙屋里，一人独自生活，一人厮守着老土屋。

土屋的泥坯斑斑驳驳，土灰一点点地剥落。

再后来，我远离了家乡，只是在母亲的嘴里断断续续地了解，爷爷的儿女后来靠着打工赚来的钱，都在家乡盖了新房子。他的小儿子因误伤他人逃了出去，不知生死。爷爷仍然住在土墙屋，不肯离开老屋。

母亲说，每回遇见爷爷，他都念叨着我。他说打小就看出我的聪明，长大不会种地，是个吃公家饭的人。

母亲复述爷爷的话时，眼眶盈满泪水。母亲说，爷爷是真心疼爱我，虽不是亲生，却胜似亲生。数年后，爷爷如油灯燃尽了最后的一刻，悄无声息地死在土墙屋。

如今，土墙屋已经残墙断垣。隐隐的，只是一院的蔷薇凛冽地绽放，沁香阵阵，将回忆的一径长途，点缀得香花弥漫。

父亲与树

步入古稀的父亲，渐渐秃顶了。一贯身体强健的他，变成了形销骨立的老树。他脸上的皱褶如同老树的纹理，布满了岁月的风霜；但他浑浊的眼中之光，依然熊熊骇人。也唯有眼，才能显出父亲倔强的真正的农民性格。

每次回家，母亲在锅台忙碌；父亲则蹲在灶前，取劈柴塞灶膛。燃烧的薪火，俨然八月田埂上成熟的黄豆"噼里啪啦"般炸裂了嘴，憨笑着。柴火来自大地，它们的前身或许是屋前野生的树，抑或是后山父亲种下的树。树木与火的交会因缘中，衍生了暖和光。火光中，父亲的表情与火中木柴的笑容如出一辙。

父亲幼年失怙，五岁过继给没有生育能力的舅公。后来舅婆舍不得家产流落到外姓人的手上，寻了一个牵强的理由，将父亲逐出了家门。十三岁的父亲辍学，借宿在舅公家的走廊里，进生产队挣微薄的工分。凭着一股倔劲，几年后，父亲在村中夯土筑墙，搭建了一个巴掌大小的茅屋。茅屋的土墙，是父亲利用休息的时间，双脚踩在黄土中和着汗水，一点一点垒成的。父亲二十四岁那年迎娶母亲进门，婚后的第二年，母亲怀上了我。初为人父，父亲喜不自胜。

有一天，他兴致勃勃地告诉母亲，他想做一个摇篮。自幼聪慧的父亲，对于木工活、泥瓦活，无师自通。母亲愁眉苦脸地瞄了一眼父亲，说："巧妇难为无米之炊。做摇篮的木料上哪里去弄？"父亲沉默了。虽说门前屋后都生长着茂密的树木，可在那个年月，一草一木都是归生产队的。那晚，父亲辗转反侧，一夜无眠。第二天晚上，父亲决定铤而走险，他不顾母亲的劝阻，偷偷摸摸地带着斧头到后山砍了一棵碗口粗的松树。下山的时候，战战兢兢的父亲被蹲伏在草丛中的野猫吓得扭伤了脚。次日，父亲的脚踝肿得像发酵的馒头，他不敢声张，忍着疼痛，瘸着脚照常到生产队出工。等到夜深人静时，父亲勾起受伤的腿，用单脚跳着走路，小心翼翼地锯木、刨木材、钻孔……

天亮了，母亲一觉醒来，惊喜地发现了茅屋的中央搁着初具雏形的摇篮。可惜摇篮尚未完工，此事就被村里的好事之徒告到了生产队。父亲为此付出了代价，母亲娘家陪嫁的两只樟木箱随着摇篮一起充了公，父亲被打发去水库修补漏洞。冬天的水真冷啊！父亲下半身浸泡水中，上牙咬破了下唇，冻得直哆嗦。冰冷刺骨的水拦腰截断了他的身体，至今他的小腿和腰部遇上寒天就酸痛得冒冷汗。事后父亲向母亲许诺，有一天，他要种许多树，做木箱、摇篮，甚至更多的木制家具。他要靠自己的能力，给我们的家带来衣食无忧的生活。

几年后，农村实行家庭联产承包制，备尝艰辛的父亲有了用武之地。他浑身的力气如找到出口的泉水，拼命地往外汩汩地冒。倒腾完田里的农活，父亲两眼发出灼灼之光，拉着我的小手问："想不想吃桃子、梨子？"父亲眼里的光芒投射到我的眼眸中，我仿佛也被点燃了，忙不迭地点头。父亲肩扛镐，提着柴刀和木杠，带我来到村里分给我们家的荒山。山上长满了密密匝匝的芒草，野蔷薇和荼蘼等灌木植物强悍地夹杂其间。父亲弯腰如割稻子一般，月牙的砍柴刀在杂草丛中撒欢。我跟在后面，一点一点地抱起父亲放倒的杂草。芒草划破了我手背，想象中的桃子、梨子化作了一贴良药，专治我肌肤上的伤口，使我忘记了疼痛。

日落西山，对面山上铺展的最后一抹余晖悄悄地隐退了。我说："爹，回家吧。"父亲撅起后背，举着镐，刨出了土壤中的草根。草根浮在刨碎的土上，父亲对我的话充耳不闻，丝毫没有停下手中活。他一下一下地把镐举到半空，镐一下一下强有力地落在土地上，土地一下一下地发出沉闷的声音。土地与镐的摩擦，仿若呐喊声。土块松动着，分崩离析成一块块大小不一的碎块。我说："爹，天色不早了，回家吧。"父亲艰难地直起身子，他的整个身子倚靠着镐把，镐深深地插进土中。他兀自喘着粗气说："再干一会，等天黑了就回家。"

月亮挂在了树梢。夜风俨然一块海绵，浥着尘土和父亲的汗液味。母亲站在家门口，冲着后山喊我们吃饭。父亲用荆条扎草，他跪在草垛上，身体狠狠地压向草垛。刚刚还堆得和人一般高的草垛，顿时蔫了下去。他朝我招手示意：回家了。一路上，满满当当的一担青草压得父亲趔趔趄趄，好几次草担子蹭到路旁的杂木摇摆不停，他的脊背弯成了一张弓，嘴里呼出的气息愈来愈重，压得我透不过气来。我跟在后面，屏住呼吸不敢说话，生怕一个字会涣散父亲仅存的一点气力，累得他随时倒下。

到了家，父亲扔掉草，瘫软在门前的大石头上，垂着头不发一言。母亲递给父亲一碗水，父亲伸出粗糙的手掌，他的手掌磨成了一块老树皮，露出一道道狰狞的伤口，血迹覆盖了原有的老茧。他颤颤巍巍地接过水，深深地吸一口气，猛地喝光了碗里的水。喝完水，父亲才像是又活过来似的，浑身又有了精神。那个秋冬，父亲忙得两脚不沾灰。短短的几月之余，父亲一下子苍老了十几岁。

第二年的春天，父亲在新开垦出的荒山种上了桃树、梨树。果园的外围，父亲以一个木匠的眼光，选种了杉树和梧桐。有了树的生长，山仿佛也积攒了旺盛的力量。没过几年，我家的荒山绿荫成林。弟弟出生后，我家从茅屋搬出，顺理成章地盖上了四坪平房。新房的木料全部取自于父亲种的树。树木砍了，父亲在空缺的土地上又补种上新的树苗。正是那些树，我们姐弟仨得以相继完成学业，一个个进了城参加工作。

记得那年我在城里买下新房，父亲获悉后，兴冲冲地上山砍树，连夜雇车拉到我的住处。父亲站在我们出租屋的楼下，叫唤着我的名字。城里的霓虹灯照得他手足无措。父亲穿着一身旧衣衫，衣衫和头发上粘着枯草和落叶。他嗫嚅地说："出门急，也没来得及换身衣服，就冒冒失失地来了。"我踮着脚为父亲梳理头发，父亲满头的白发触目惊心。

后来父亲送来的树木，打成了家具摆在了我们的新房。那些木料的边边角角，我们不敢浪费，做成了几条板凳，分给了亲戚朋友。每当我坐在板凳上看书写字，总觉得父亲的期望和他散发的汗酸味道以及老家的草木山野气息都在我的身边荡漾。而家里的那些家具，每个纹理中都隐藏着家乡四时节序的变化。清贫的父亲，没有给予我们太多的物质财富和世俗尊荣，却让我们浮躁的内心有了一个安顿的去处。让我们在丰盛富有的自然气息中，感知山水和风月，感念流逝的时光。

每次假期回家，我们都鼓动父母随我们一起进城生活。父亲总是傻呵呵地搓着手说："习惯天天摸一摸锄头，舍不得后山的树。"我们不在家的时候，那些树就是他的孩子，他把对我们的牵挂都寄托在那些树的身上。

前几年，电视报道转基因食用油的危害性。父亲得知后，毅然而然砍掉了后山的果树，栽种上了油茶树。砍树的那段时间，母亲说，父亲几个晚上长吁短叹睡不着觉，木板床压得"咯吱咯吱"响。

其实不消母亲说，我们都能想象。父亲的斧头砍向树木，那些斧头何尝不是在他的心口留下一道疼痛的伤痕。这些年，父亲每回看树的眼光比看我们还慈祥。那些树，已然成了他生命中不可或缺的一部分。但是为了我们，父亲愿意舍弃他自己的一切，哪怕是牺牲他的青春，甚至生命。

有时望着父亲，恍惚之间觉得他就是一棵树，一棵老了的树，只懂得给予，不知道索求。而老树的四周，一棵棵树苗在他的庇佑下，充分地享受阳光给予的养分。凝望着一棵棵努力往上生长着的树木，我仿佛看到了树与天堂之间的距离愈来愈近了。

花开枝头又十年

阳台上的茉莉花幽幽地盛开，我摘下一朵别在衣袖上。今夕何夕，须臾间，自己竟是化作了爱茉莉的二姨。二姨离开我们十年了，天堂的茉莉定然是尘世间没有的芳菲与纯洁吧。

二姨喜欢茉莉花，初夏时节，二姨总爱摘下一两朵茉莉别在衣衫上。洁白的茉莉，清香馥郁，人还未走近，余香袅袅，紧紧地缠绕而来。

外婆和外公结婚数年，一直未曾生育。于是听从亲友们的劝告，从育婴堂里收养了大姨。几年后，外婆生下了二姨。等到二姨初中毕业，母亲方姗姗出生。

母亲读小学的时候，二姨已经参加了工作，在镇上的一所医院上班。二姨嫌乡下的学堂教学质量差，带着母亲一起住进了她的宿舍，母亲和二姨的情感实质上就是母女情结。

二姨夫是个中学政治老师，当了一辈子的校长，性格有些偏执古板。二姨不喜欢二姨夫，据母亲回忆，二姨原来读大学时，喜欢上一个年轻而高大的军官。只是外公不愿意二姨过两地分居的生活，硬是把二姨许配给了同在一个镇上的二姨夫。性格温柔的二姨不得不夭折了那份爱情,与二姨夫结了婚。婚后的二姨闷闷不乐,母亲说,爱笑的二姨从此丢失了笑容。细想想,从我懂事以来,确实没见过二姨笑的模样。二姨整天紧锁眉头,淡淡的忧郁,倒是让二姨多了些文艺的气息。

千岛湖水库建设大迁移,外公带着全家一起迁居到江西。二姨因为工作的缘故,留在了浙江。

迁到江西的第二年,外婆因病去世。为了更好地照顾外公,母亲和父亲搬回了外公家。随着我们姐弟仨相继的降生,外公家的旧房子就显得有些促狭了。二姨和外公商量着搭建新房。盖房子的钱,二姨愿意出一半。就为这,二姨夫生了二姨一辈子的气,始终耿耿于怀。也难怪二姨夫不高兴,其实他们家的经济也是捉襟见肘,三个小孩陆续读书,仅靠两个人微薄的工资,二姨夫一家只能一直寄住在学校的宿舍,他很想有属于自己的房子。

儿时最快乐的事,莫过于年底收到二姨寄来的包裹。每年的年末,二姨通过邮寄,给我们全家添置新衣。二姨的手极巧,她编织的毛衣,针脚匀称、细密。线衣的花式新颖,叫人赞不绝口。八十年代初期,五彩的糖果很珍贵,在农村几乎看不到。即便商店出售,大家也买不起。三分钱的盐,村民都是东借西挪;若是添置家里的日常用品,定是拆了东墙补西墙。我们姐弟仨是在村人艳羡的眼光中长大的。

十二岁那年,外公去世,母亲含泪给远在浙江的二姨拍去电报。等到二姨匆匆赶到,外公的尸身已然冰冷。二姨抱着外公僵硬的身体,痛不欲生。闻讯而来的大姨还未等着外公的棺材下葬,急着要分家产。大姨和她的几个孩子堵在门口,一把鼻涕一把泪,嚷着母亲把外公的财产交出来，她生怕母亲私吞外公的遗物。母亲和父亲躲在房间里，唉声叹气。一向温柔的二姨推开大姨，厉声说道："这么多年，你身为长女，照顾父亲多少？家里那一点东西，给了你陪嫁，早已所剩无几了。我都不会和你计较，你又凭什么争呢。"大姨瞠目结舌，被二姨说得羞愧地低下头。

二姨的性子相对于母亲比较安静。每一年，二姨会在我们家里住上一段时间。她和母亲共一个枕头睡，两姊妹悄悄地说着一些体己的话。二姨喜欢和母亲一起下地干活，一起上山采茶。闲暇之余，她一双灵巧的手，宛如翩翩的蝴蝶，飞舞在毛线之中。织完了衣衫，又织毛裤、手套、帽子之类的。遇到我们姐弟仨做错事情，母亲气得直操鸡毛掸子。二姨总是抢过鸡毛掸子，劝母亲平心静气地和我们说道理。二姨对母亲说，好的孩子是夸出来的，而不是骂出来的。不同的时代，不同的教育。棒下出孝子，是个过去式，不可取。

我们喜欢二姨留在家里，不论犯下多大的错误，绝不会挨母亲和父亲的打，顶多是罚抄写课文罢了。二姨鼓励我们多看些文学书籍，不要把视角死盯在书本上。自打我们上学后，二姨不再邮寄糖果，她总是寄一些文学名著和文艺杂志。受二姨的影响，我们姐弟仨读书时期，语文和写作总是考得最好的。

二姨退休后，一年的时光，她一半留在浙江，一半生活在江西。

我结婚的那年，恰好是二姨退休的第二年。我的婚期定在三月，父亲早早地接了二姨回家。二姨掏出带来的两千元钱，交代母亲要把我的婚礼操持得风风光光的。

老家的风俗，结婚的时候，女方定得穿上男方的衣服上花轿。我和外子一直忙于工作，直到结婚的前两天，我们才想着请假筹划婚礼。我和外子商议，婚服就去不远的县城挑选。

吃过早饭，二姨和母亲送我们到马路上上了车。车子开到半路，我突然想起来问外子，带了多少钱购置我们的婚服。外子心地宅厚，不会撒谎，老老实实地回答我袋子里只有二百八十元钱。我的无名火忽地蹿上来，大声让司机停车。等不及车子停稳，我跳下车，转身招手打车回家，任凭外子在车后叫唤。

我坐在车子里，一路流泪。和外子交往以来，我没有花他一分钱，连结婚的彩礼也没有提过，结婚用的床、家具，一切东西都是自己娘家倒贴，临了一生一次的婚服他居然准备用二百八十元打发。我越想越觉得委屈，泪水湿透衣衫。热恋中的人是盲目的，像一只飞蛾扑向爱情之火。但是在那一瞬间，我开始思考生活与爱情，想着外子家庭的贫穷，我甚至能揣想到"贫贱夫妻百事哀"的日子。我踟蹰其中，有些后悔自己接受外子求婚的轻率。

车子停靠在路旁，母亲和二姨还未离开，在马路上说着话，见到我回来，诧异万分。母亲慌着拉我的手，急切地询问怎么就回来了。我甩开母亲的手，一声未吭往家跑去。回到家，"嘭"的一声，我关上房门，蒙着被子大哭。随后赶回来的外子站在门外，向我赔小心。二姨推开房门进来，坐在我的身旁，轻声地问我："青儿，你喜欢他是因为他的钱吗？你们两人自由恋爱，你认识他时，就知道他家没钱，何必到现在才追究钱呢？两个人在一起是缘分，有情人能走在一起是幸福。青儿，你应该珍惜这一切。"二姨说着说着，声音哽咽："二姨命苦，你别学二姨，后悔一辈子。"我止住哭泣，注视着二姨，心疼二姨。二姨从钱包里拿出一千元钱，塞进我的裤兜："都快做新娘子了，别为了小事闹得不愉快。"

婚后，我与婆婆时不时地起点摩擦。婆婆是旧式的农村女子，勤俭持家惯了。而我生性马大哈，对钱一向没有概念，有钱喜欢逛街瞎买东西。婆婆看我不顺眼，我骨子里瞧不起婆婆做事的派头。幸好性格使然，我不会与婆婆争辩什么，受了委屈顶多跑回家哭诉。母亲生来不会劝解人，她只会喋喋不休地絮叨我的不是。二姨不像母亲，她总是等我气消了，才细言细语地劝慰我，女孩子嫁到男方家，理当尊敬婆家的生活习性。不该像从前一般任性，我行我素。过日子是细水长流，老人家的话都是历经时间磨炼而来，家有老人是一宝。何况爱屋及乌，没有婆婆的艰辛，哪有自己的爱人。

二姨的话像三月的春风，一种小小的暖意，慵懒地钻进我的心底。二姨教我编织毛衣，当我坐下来一针一针编织毛线时，心里真正的安静如水。我的第一件毛衣织好，送到婆婆的手里。婆婆的眼里浸湿了泪水，这是她平生第一次收到"温暖"牌子的毛衣。我与婆婆相视一笑，恩怨随风飘散。

老家的门前有几棵茉莉。蔷薇花谢了，茉莉花绽放，小小的洁白花朵一瓣重叠着一瓣。二姨爱摘下茉莉花别在衣衫上，我知道二姨喜欢茉莉花是因为她那一段过往的风烟，年轻的她是在茉莉花旁邂逅了爱情，也是在茉莉花凋谢之际结束了那点薄凉。

二姨说，也不尽然。年轻喜欢茉莉花是为了回忆那段年华，后来随着年岁的增长，爱上了茉莉，把尘世间的种种散落在风里，在幽微的岁月中，静静地释放出厚实而温润的香气。

我说，二姨，你不就是一朵茉莉花吗？

开在光阴里，不论沧桑如何，安静地为尘世带来一缕缕暗香。素白白的，一切纷扰与她无关。

　　那年冬天，二姨被姨夫接回浙江。母亲送了又送，二姨紧紧拉住母亲的手，舍不得分开。冥冥之中，或许有感应。二姨回家不到半月，一场风雪摧残了茉莉花，第二年，茉莉花枯萎。自从茉莉花死后，母亲就一直念叨着二姨。次年的三月，二姨夫开车接走了母亲。二姨检查出癌症晚期，住进了杭州肿瘤医院。半个月后，母亲哭着打来电话，二姨已去。闻此噩耗，我们悲痛不已，黯然伤怀，二姨生前的点点滴滴，仿若昨日。

　　心头的枝叶上，茉莉花开了又谢，待打拼香魂一片，守得个花开枝头又十年。

　　天色近晚，摘一朵茉莉，闻着它的潮湿与苍茫。二姨在茉莉花丛中静静地立着，散发着初夏茉莉淡淡的气息。

荷包鲤鱼塘

在中国的乡村，绝大部分的村庄随人姓。李姓人居住的村庄，自是称其为李村；叫张村的，不消说，居住着张姓的子孙后代。当然，也有例外的。我老家的村名叫——荷包塘。合掌为朴素的礼敬，微启又如莲花，荷花是深植于我内心的一朵素心花。但凡与"荷"有关的一个词、一句话，我皆是"攀条摘香花，言是欢气息"。荷包塘，全名原叫荷包鲤鱼塘。据我去世的祖母回忆说，当年村庄里的池塘开满了荷花，水中游戏着一尾尾荷包鲤鱼。中国人素喜花好月圆，鲤鱼跳龙门，荷包塘的村民亦是如此。只是荷包鲤鱼塘到底是浪有虚名了，又或许荷包鲤鱼的身子太臃肿了，跃不上龙门。村子里早些年，并非有谁能跳出"农门"。村里唯一的瞎子掐指唔叹，此村乃是一个笔架，笔头落于不远的另一个村庄——许家村。也倒是，许家村年年都放大红鞭炮，兴高采烈地为国家输送一两名高才生。瞎子的话让村民们晚上睡在床上辗转难眠，要与许家村望其项背，唯有寄望于神道护佑。翌日，村人聚集在山神土地庙前许愿：倘若村里后辈跳出农门，全村老少必当以鱼肉答谢山神土地，若不然，定叫山神土地庙门可罗雀。村民敬奉山神数年，村中依然不见出一个才人，安于天命、不求上进的村人却是有增无减。后来山神土地庙再也没人去光顾，庙被村民拆了，庙里的红石拉去沟渠搭建了小桥。到我记事的时候，庙基本没有什么蛛丝马迹可循，唯有庙旁的樟树浓荫匝地，引来无数鸟儿栖息于枝头。故而在荷包塘村是见不到山神土地庙的，这在中国农村也是鲜有的。村中的池塘荷花稀稀疏疏地开着，像小孩的瘌痢头，池中也无荷包鲤鱼嬉耍，高高低低的菖蒲长得一派葳蕤。没有鲤鱼的村庄，村民们为了省事，索性把村子叫作了"荷包塘"。

荷包塘原来是祖母家遗留下的祖田，租赁给一家邓姓佃农。土改后，祖母带着伯父和我的父亲，跟随娘家两个兄弟来到此地。村子里原有的邓姓就多了单薄的吕、王二姓氏。六几年的时候，从浙江迁移来一批移民，有周姓和胡姓。小小的村子，外来的周姓占了大数。荷包塘溪山回环，人家分四处：移民坞、下坞、新坞、店门口。移民坞居住的是周姓人家，下坞是邓姓。店门口，想是往昔是有小卖部在此经营，居住着金姓人家。我的父亲原是随着祖母住在新坞，成婚后做了外公家的上门女婿，便搬至移民坞。

荷包塘紧靠国道，离小镇仅数里之远，与方志敏的故乡——弋阳县城也相隔不过二十多里。基于交通发达，这个村的经济生活在小镇算是富裕的。地里田里种的西瓜和蔬菜水果，村民们吃不尽的都挑到国道边自销。老家有一句俗话："铅山的西瓜汪二最圆，汪二的西瓜荷包塘最甜。"在二十世纪八十年代初，村里来了一家广东人，他们看中村里的田地适合种西瓜，便教村民把祖宗留下的水稻田种上了地上长着绿藤、藤上结个圆滚滚的大西瓜。那些年，村里到处都是西瓜地。夏季，装着西瓜的箩筐，一担担排列在柏油马路上。村民们摇着蒲扇，与路过停下的车子，厮杀口水之战。我的父母自视是读书之人，不屑于做生意，但看到村人种西瓜确实比种水稻更挣钱，因此每一年家里的水稻田也会划分出八分一亩的种西瓜。我八九岁的时候，经常是早晨随父亲下地摘新鲜西瓜。而后，父亲将西瓜挑到马路边，预付给我一天的工钱，然后我就和村民们一起挤在炎炎的烈日下，等着行驶的车子停下，然后敞开嗓门吆喝：西瓜，又大又甜的西瓜。

荷包塘三面小山环绕，村里人习惯称呼小山为"岩"。后山的白马岩，山上松树苍翠蓊郁。山中有一块形若白马的岩石，山前是一个水塘。传说以前天上的神马们贪恋此地幽静的风景，常常在夜里偷偷摸摸地下凡到水塘边喝水。时日久了，最小的那匹白马渐渐地舍不得离开此地，孤身留在了山中。马头轻微地扬起，似乎仰望着天上，思念着那些兄弟。村里的老人们常说，起得早不贪睡的人才能看到白马遗留在水塘边岩石上湿漉漉的马蹄印，能听到白马的嘶鸣声。我幼时看了《西游记》，受吴承恩先生的影响，老是揣测白马是不是当初孙悟空在天庭做弼马温放养马而丢失的。稍渐长大，在夏日，我守着月亮西坠，单为了能听到传说中的马鸣。那段时间，我缠着母亲，让我清晨跟随村里的妇人去水塘洗衣服。抑或是我与白马的缘分浅吧，洗了一个多月的衣服，我始终未曾见到过传说中白马的痕迹，自然也从未有耳福听到所谓的白马嘶叫声。

作家周同宾说："没有古树的故乡，故乡就少了分量。如果一个村庄没有古树，那就像断了根，断了魂，没有了厚重，没有了沧桑。"荷包塘村前有两棵大樟树，一棵有五百年的历史；另一棵，相对年轻些。樟树龙蟠虬结，层层叠叠的树叶，像一把散开的绿伞。樟树的右侧是下坞邓姓人家的竹林，竹叶簌簌。风过，樟树送迷香，竹露滴清响。村里的小孩都喜欢跑到樟树底下玩耍。幼时的我们在树与树之间游戏，阳光在樟树和竹叶间隙中徘徊，一轮轮的光晕倒映在地上。风在林间跳舞，仿若一只不停息的金梭，编织着柔软的毛毡。日暖风初定，耽美于现世的安稳，我们总是嫌不够。迷信的村民在空阔的树洞里常年点燃香火，烟火明明暗暗的，俨然是夜里红狐的尾巴，增添了乡村夜色的诡异。邓姓家先人留下两支血脉，小儿子取名小龙，村里吃大锅饭的时候，他是村里的食堂管理员，家里儿女成群。在那个吃不饱饭的年代，人的意识是最薄弱的。他不慎犯下错误，偷了食堂里的一把大米，被村民当场抓住，挂牌子游街。以至于患下后遗症，见人就不由自主地低着头，唯唯诺诺不会说话。可就这样一个人，却是一个屠户。逢年过节时，村里杀猪都离不了他。猪被村人拖至他的面前，他暗淡的眼神顿然泛出灼人的光彩，一改往日的萎靡，麻利地按住猪头，把屠刀放在猪的脖颈处，用粗糙的鬃毛"唰唰"地磨着刀锋。猪在他的身子下"嗷嗷"大叫，片刻间，一股热血从猪脖子如注喷出。他招呼着帮手，将垂死挣扎的猪扔进烧开的沸水里。趁着热气，一鼓作气褪猪毛、剖猪肚，切割内脏与猪肉。等杀猪的东家端上一碗热猪血，他又恢复了一蹶不振的样子，埋着头躲在角落里，悄悄地吸黄烟。邓姓的大儿子家里男丁旺盛，四个儿子一个女儿。老三是癫痫患者，三十多岁在田里割稻子时，病发作摔在水田里，等家人发现，已经被水呛死了。老三媳妇改嫁后，留下来的两儿一女就过继给一生未娶的瞎子老二。老四是个聋子，除了吃喝嫖赌，家里百事不管。老四的妻子连病带气，在孩子三岁时就撒手西去了。老大长得比较正常，四十岁不到患上肝腹水，早早离开人世。其妻和路过的叫花子远走他乡，老大的三个儿子居住的土墙屋在一个雨季倾圮，村里人可怜三个孩子，便把樟树旁闲置多年的仓库腾出给他们安了家。有一年秋天，三个孩子中的老二在樟树底下烧稻草灰。天干物燥的，轰然而起的火苗瞬间烧着樟树，再加上老樟树原本就枯枝多，大火烧了几天几夜，彻底地结束了老樟树五百年的沧桑。幸好大火并未殃及另外一棵樟树，至今，那棵樟树安然无恙，长得郁郁葱葱，直入云霄，如同一个忠心的卫士守护着村庄。这些年每次回家，我都要去樟树底下静静地站会儿。缅怀老樟树的同时，总有一些惆怅逼仄而来，像是一条青蛇游进了心底，薄凉薄凉的。

才华横溢的祖父在父亲三岁时抑郁成疾，溘然而逝。寡居的祖母带着两个幼儿投奔娘家兄弟。土地整改，祖母一家安居在荷包塘的新坞。新坞只有一座大四合院，院子的正中央悬挂着一块乌黑的木匾，上面写着"天地君亲师之位"。祖母和她的兄弟各占据一间厢房，院子的中央有一个天井，青石板上长满了厚厚的青苔。晴天，屡屡闲散的阳光从天井折射照进。雨天，水珠"滴答滴答"落入天井，似大珠小珠落玉盘。院子的门口十米之处是一个小水塘，塘里种着荷花。夏季荷花开，父亲涉水采摘荷花送至祖母的房间，往往也会折下一片荷叶，端来一盆水让我玩水珠。碧绿的荷叶，经脉分明。水珠滴在荷叶上，像是滑过了翠绿的丝绒，倏忽就掉到地上，儿时的我乐此不疲。

四合院的后山是一片桃林，桃林下有一弯水潭，常年汩汩地冒出泉水。水潭夏凉冬暖，在物质匮乏的年代，水潭就是一个恒温的天然冰箱。夏季的西瓜啦，香槟酒啦，梨子啦，大家都吊在一个竹篮里，放进水潭冰镇。冬天，水潭成了村里女人们的沙龙派对。不仅四合院的女人会蹲在水潭边浣洗衣服，连下坞、店门口的妇人都会拎着一家子换洗的衣服，排着队，站着等待洗衣埠头。妇人们家长里短地闲聊着，她们的孩子聚集在一起玩耍。水潭边的语笑喧阗，往往会吸引着大舅公提着几条竹椅，端来一盘花生瓜子。他一边笑着给众人让座，一边抓起一把花生瓜子往小孩子的口袋里塞。大舅公长得清瘦，花白的胡须在胸前飘拂，村里人都亲切地叫他"财神爷"。父亲回忆说，有一年冬天，一个贼跑进大舅公的屋里。贼在屋里翻箱倒柜的，惊醒了熟睡的大舅公。大舅公屏息躺在床上装睡，贼翻找了半天，一无所获。而贼一般都不会空手而归的，就在贼垂头丧气，准备随意拿一件物品了事的时候，大舅公忍不住开口了："梁上君子，我家过年的钱在我的枕底下放着，你来拿，我闭着眼睛，不看你的脸。"贼迟疑着，不敢上前。大舅公又说话了："你放心。你是隔壁村里的，我不会说出去。你做贼也是迫不得已，家里七八个小孩，张张嘴都要吃饭，不易啊。你拿钱时记得留下几张小票给我老伴买点鱼肉过年。"贼"扑通"朝大舅公跪下去："你老是财神爷，以后家境好了，我定当归还。"后来，贼遇上人就对他们说大舅公是财神爷。而大舅公平时素爱接济村人，一来二去的，"财神爷"的名号也就叫开了。

村里人尊敬大舅公，唯独二舅公对他嗤之以鼻。用二舅公的话来说，大舅公是一个败家子，家道败落一大半是大舅公的缘故。早年的大舅公喜欢唱戏拉二胡，不务正业，每天邀请一批批的戏班子来家唱戏。不曾想有一伙强盗打着戏班子的幌子混进了大院，将家里洗劫一空。二舅公望着空荡荡的院子，欲哭无泪，指着大舅公骂道：

"你是我们家族的千古罪人。"大舅公毫不在意地哈哈大笑道："千金散尽还复来。塞翁失马焉知非福。"大舅公一生放荡不羁，没有一个正形，独这一句话歪打正着。1949年后，大舅公和二舅公因此被划分为富农成分，而不是地主，由此逃过了许多劫难。

二舅公爱好书法，闲暇之余，磨砚挥毫。偶尔会独自一人对着天井的月亮喝酒吟诗。二舅公耿耿于怀家族的振兴，他一心想考取功名，偏偏时运不济，屡考屡败，最后死心做了一名私塾先生。1949年后私塾解散，为了生活，不得不依靠给人画符、代写书信等为生。酒入二舅公的肺腑，七分酿造了月光，余下的三分都化作了浅淡的怅惘。每每此时，大舅公拉起他心爱的二胡。二胡的声音清冽伤感，仿若冷夜的寒鸦叫声，一声比一声远在了天边。虽说两位舅公相互怄着气，然而每逢兄弟之间家里有什么事，另外一个必定比当事人还要着急、忧虑。大舅公家里缺钱时，二舅公知道后会托祖母悄悄地送去。二舅公一生没有子嗣，农忙的时候，大舅公就早早地吩咐女婿帮衬二舅公家干农活。

二舅公病殁后不到一年的光景，郁郁寡欢的大舅公就追随其去了。人生山长水远的，亲情是尘世间最美好的情感，血浓于水。这种情感永远陪伴着每一个人，衍生不息。心存介怀一辈子的两位舅公，其实嘴上不说，心里头都是最珍惜那份亲情。

母亲十二岁跟随着外公外婆从遥远的浙江迁移而来。外公生了两个女儿，大女儿留在浙江老家工作。父亲和母亲结婚后，自然是搬进了外公家。移民坞的房子像老家信江湖面上的浮桥，每一只小船是独立的，却又是相连的。两排整齐的民房，居住了十四户人家，每间房子都是统一的布局格式，门前水泥铺得平平整整的。移民坞

的人喜欢种花和果树，屋后搭着葡萄架，桃花开满枝桠。墙角种着
蔷薇，竹篱笆间扦插了紫色的、白色的木槿。移民坞每家的墙体相
连着，缩短了人与人之间的距离。谁家厨房烧好吃的，整个移民坞
都闻着香气，贪吃的孩子端着饭碗循着香味馋到主人家。见者有份，
淳朴的村民没有谁是吝啬的，他们宁愿舍下自己嘴里的一口，绝不
会拒绝每一个上门来的饭碗。夏天，低矮的青砖房子燥热难耐，大
家都纷纷搬出竹床，或是卸下门板，搁置两条凳子，搭建一个简易
的木板床。我的外公最擅于讲鬼故事，移民坞二十多岁的小伙子，
晚上总爱缠着外公。外公解下腰间的烟袋，小伙子慌忙殷勤地划亮
火柴。我们小孩子围着外公，心里既焦急，又是惶恐。外公吸一口
烟，徐徐吐出烟圈，压低嗓音说道："很久以前，山里有一个秀才，
每天去私塾教书，都要路过一座坟地。有一回，秀才在学生家里吃
完晚饭回家。他喝得醉醺醺的，来到坟前，突然憋不住想大便。他
找到一处隐秘的地方，慌不迭地脱裤子。他的对面飘着两盏灯，秀
才一挥手说，太浪费了，点那么多灯做什么。话音刚落，传来一声
尖刻的声音：秀才好大胆。秀才微微笑道，赶紧的给我一张草纸，
爷爷我拉完了。"外公讲到此，我们都情不自禁地大笑。外公鬼故
事中的主角都是促狭鬼，喜欢与人类开着善意的玩笑。这些故事经
常害得我们去厕所、上床睡觉都提心吊胆，没有伴是决意不敢去的。

　　"天不留客火留客。"冬天的时候，每家每户都烧着一炉暖暖
的柴火。农闲的村人无事四处串门，大家围坐在火炉旁，聊着收成
和来年的冀盼。女主人煮沸一锅热水，泡着自家地里种的茶叶。一
盘盘花生瓜子，油炸的薯片，冻米糕，满满当当端上桌。我们小孩
不关心大人们的话题，我们关心的是火里煨着的红薯和土豆熟了没

有。烤熟了的红薯、土豆，散发着诱人的气息，大人们一边佯装责骂我们贪吃，一边夺过我们手中的红薯，咧着嘴吞吃。有些时候，火里也会煨着一个陶罐，里面煮着腊肉和黄豆。移民坞的人吃饭不像我祖母家那样，每个人都正襟危坐地待在桌子上，默不吭声吃着饭。他们喜欢端着一个搪瓷大碗，各家各户地串门子，火炉陶罐里的菜都要挨家挨户地细尝一遍，方算是正经地吃了一顿。

多少年过去了，祖母和外公都早已作古。老家的记忆渐渐地模糊了，但是在每一个梦里，老家的四合院、樟树、外公的故事、火炉煨的红薯香气，都会在我不设防的时候摇曳出一片苍翠。

正如作家辛夷坞所说，故乡是用来怀念的。不论这些回忆是充满了艰辛的还是美好的，它在每一个游子的心底，却是时时闪耀着美丽动人的光彩。这些光彩支撑着我们在今后的人生路途上继续努力，它又是化骨绵掌，把那些生命中的牵绊与烦恼都一一化作了快乐的音符。岁月和故乡渐行渐远，远去的唯有似水流年，离得近的却依然是那一颗依恋故乡的心。

亲爱的斗笠

在江南，斗笠的籍贯是乡村。它与镰刀、锄头、铲子等农具一样，相溶于农人的日常生活中。无论雨天或晴天，田间地头，山野林间，随处可见它的倩影。

斗笠擎在头上，如同地里的一棵庄稼，努力地向上生长。庄稼种在土地中，农人精心侍候；而斗笠垂下它的眼睑，为农人遮风挡雨。

斗笠从远古而来，有关它的记载，最早出现于《诗经》："或降于阿，或饮于池，或寝或讹。尔牧来思，何蓑何笠，或负其餱。"这些文字翻译成现代语言的意思就是牧羊人穿着蓑衣戴着斗笠，偶尔背着干粮来放牧。羊群撒开欢地奔跑下了高丘，它们在池边喝水，休息，或嬉戏……由此，我们寻得斗笠的蛛丝马迹，它的起源必定离不开生产劳动。斗笠庇佑着辛勤的劳动者，延续了千年的岁月，承载着源远流长的华夏文明。

斗笠状如畚斗大小，故得其名。在老家，房前屋后，绵延着苍翠的竹林。菜园中，箬叶挨挨挤挤地围绕着蔬菜。人们就地取材，织就了斗笠。细细的竹篾编织成两层经纬网，网中铺着晒干的箬叶。竹子、箬叶、村民，他们与风雨共同呼吸，感受着光阴的温度。晴日，在箬叶与竹篾之间，在细若线的缝隙之间，斗笠与阳光呢喃。雨天，水珠顺着斗笠的边缘，落至蓑衣之上，沙沙作响。而不远处，田里地头的庄稼逐渐成长，等着开花结果。雨中戴着斗笠的心情，无可比拟地快乐与安稳。

小时候，家里的一面墙壁上挂着斗笠。两枚钉子嵌入墙缝，一根长绳连接着钉子。斗笠安然地悬挂在绳上，像是燕子依傍屋檐筑巢，浅吟低唱着。墙角下，排列着整整齐齐的农具。

每逢八月庙会，父亲便赶往集市添加农具。当然，他也会捎带几顶斗笠回家。

惊蛰一过，土地苏醒了。父亲和母亲戴着斗笠下地播种、插秧。我在田埂上追着蝴蝶跑。跑乏了，我就寻找厚实的草地躺下来。风拍打着青草，青草又借着风势抚摸我的脸颊，痒痒的，惬意极了。在我半睡半醒之时，父亲上岸，摘下斗笠盖住我的脸，不让阳光暴晒我的肌肤。斗笠中洋溢着父亲特有的汗酸味，也弥漫着阳光和自然的气息。我就在这些混合气息中，不知不觉地沉入梦乡。等我醒来，母亲举着斗笠笑吟吟地站在我的身边。我一跃而起，抢过母亲手中的斗笠。母亲的斗笠像是一个容器，里面总是装着我最爱吃的野果。树莓、桑葚、乌稔果、山楂……各式各样的野果子，将母亲金黄色的斗笠染成了色彩斑斓的帽子。每次下工回家，母亲顺道去菜园地，她的斗笠化作篮子，盛满了辣椒、茄子、南瓜等蔬菜。

夏天到了。吃过午饭，大人们戴着斗笠陆陆续续地来到村口休憩。村口有一棵几百年的老樟树，旁逸斜出的树枝，密密匝匝的，形成了一把张开的绿色大伞。他们围坐在树底下聊天。聊天的内容上自国家大事，天下奇闻；下自民间野史，家长里短。他们一边聊着，手里拿着斗笠一边轻轻地扇动着。随着斗笠的上下摇摆，摇来了徐徐清风。

村有樟树

在江南的乡村，黛色的瓦房顺着坡势推推搡搡，挤成了村庄。有了村庄，人们遂在房前屋后栽种上樟树和梧桐树。樟树不像梧桐树，迎着风蹭蹭地往上疯长，一年一个变化。它们慢悠悠的生长态度，使人们失去了呵护的性子。村里散养的猪、牛伺机出动，它们用牙齿将樟树啃得遍体鳞伤。樟树忍着疼痛，在风雨中依旧擎着一树的绿意，蹿过矮墙，越过了屋顶。也不知过去了多少年，村里的人一批又一批的，躺在了樟树底下。而与人相邻的樟树，坚韧地树立起一种生命的风范。樟树被村人敬奉为"风水树"，掌管着一村子的运势，和村庄一起衰而复荣，败而复兴。

樟树亦是女儿树。村里谁家喜得女儿，身为父亲准会在门前栽种樟树。等女儿长大要出嫁了，树也就成材了，父亲便会伐倒樟树，请来木匠做新婚陪嫁的箱子。江南多雨，空气整年湿漉漉的，家具容易返潮、生霉。樟木木质柔韧结实，纹理细腻，用以制作的箱子不怕虫蛀且防潮，衣物搁置其中，哪怕几年后拿出来，都散发出淡淡的植物芳香。六十年代末，邻村下放了一批知青。这些知青返城时，带回去最多的物件竟是樟木箱子。

春天，百花绽放。枝头终年濡湿着绿意的樟树，却不动声色。樟树总是选择人们忙着下地干活之际，悄悄绽放。到了冬天，从樟树上落下黑色的籽，砸到路过树底下的人们，人们才突然想起樟树的花朵。可是，无论怎么绞尽脑汁地想，脑海里满满的都是地里干农活的艰辛，根本没有存留下一丝樟树花的印象。乌黑浑圆的樟树籽落在地上，密密麻麻，望不到边。人们一脚踏上去，噗嗤作响。饱满的汁液，像是打翻的墨水瓶里溅出的墨汁，又浓又稠密，香味弥久不散，引得爱吃樟树籽的斑鸠和椋鸟在枝桠间飞来飞去，争相啄食。

老家的村头有一株老樟树，枝干遒劲，绿叶一匝一匝地朝日光铺展，挓挲成一把大伞，把村庄轻轻揽于怀中。樟树的枝条上悬挂着深深浅浅的红绸带，上面写着村里人的生辰八字。孩子才落地，家里的长辈便抱着他们认了老樟树做干娘。从此，一株树在我们生命之初，就与我们有了生命相依的关系。树底下由三块红石搭建成一个简易的神龛，龛前的袅袅香火，明明灭灭，常年不绝。“村有樟树，平平安安。”外公时常在我们的耳边念叨。每天清晨下地，外公习惯到神龛前烧一炷香，再荷锄劳作。小时候，每次上早学，无论我们有多急的赶路，都得等祭拜完神灵，方可飞一般地奔向学校。每到大年三十吃年夜饭之前，外公会端上祭品，带着我们来到樟树下。他给樟树贴上一张“树木兴旺”的红帖子，便让我们跟在他的后面绕着樟树走三匝。外公边走边念念有词：“樟树娘，见风长，保佑我家孩子健健康康，读书中状元。”我们心存敬畏，恭恭敬敬地尾随在外公的身后，不敢四处张望，真的就觉得万物都有灵，它们躲在暗处偷偷地窥探我们的一举一动，令我们不敢亵渎、怠慢半分。

很多个夜晚，樟树下的小路上响起大人唤孩子回家的声音。记得读小学三年级的时候，我从河里游泳回到家，莫名地就发起了高烧，而且整个晚上都胡言乱语不止。外公认准我是受到黑夜中脏东西的惊吓，弄丢了魂魄。他背上我，沿着老樟树一路"喊魂"。与村庄同寿的老樟树，是村人的守护神。村里的孩子夜晚啼哭不停，家里的大人通常抱着孩子去祭拜樟树。村里的许多孩子都是在它的庇佑下摆脱噩梦的纠缠，走上长大成人的大路的。多年后我读《本草纲目》，书中描述樟树："中恶，鬼气卒死者，以樟木烧烟熏之，待苏乃用药。此物辛烈香窜，能去湿气，避邪恶故也。"读罢，我依然感动于樟树的深邃与不朽。

老樟树历经人世间的沧桑与挣扎，超脱于凡尘，固守着与世无争的命运。鸟儿们知道老樟树的性情好，把家安顿在枝桠上。它们站立在繁茂的枝叶中，叽叽，喳喳，啁啁，啾啾，树下的人只闻其声，不见其影，仿佛那些好听的叫声都是从樟树的绿叶中发出来的。鸟儿们尖利的喙啄破村庄的寂静，也衔来了植物的种子。狼尾蕨依附在老樟树的身上，以重重叠叠的绿包裹住老樟树坚硬而古老的内核。络石藤攀援老樟树，在每年的春末之际，白色的花朵簇拥在枝头，就像溅落一树的水花。络石藤的花香仿若一个漩涡，一波接一波。劳作归来的外公和村人歇息在树底下，话语中都满溢出花蜜儿。樟树一如老者，默默聆听村人的谈话。它的心情随着李家长、张家短的琐事而欢喜着、悲伤着；它的枝条摇曳着，让村人的悲伤随风飘去。在无尽的岁月中，樟树的一枝一叶都绵延出人世间最温暖的烟火气息。

"老樟树就是招财树，满树都是好药材呀。"略懂医术的外公每次经过老樟树，都会重复这句话。络石藤上的白花落在他的头上、肩上，他也不抖落，任由清幽的花香熏得衣裳香喷喷的，走到哪里香到哪里。每到秋冬时分，外公都会吩咐父亲爬到老樟树上，捋下一篮子的络石藤和狼尾蕨，置放阴凉处，晾晒干，卖给收购药材的小贩。卖药材所得的钱，外公通常会先给我们添置文具，再带我们上街吃几个包子或是一碗馄饨。童年的我们，每每经过老樟树，回味着那些美食，对老樟树的感激之情油然而生。老樟树以一己之身，滋养了草药，草药又换作了钱财，让我们在物质匮乏的岁月中，体验到别样的快乐与幸福。

夏夜的老樟树底下，是村庄中纳凉最佳的去处。当夜色把太阳驱赶到山后，坡上的牛儿吞下最后一口青草，踢踢踏踏地走到老樟树下，它们却再也不肯挪动脚步。我们慌了手脚，扔下牛儿，撒开腿就往家跑。不一会儿，吭哧吭哧地抬来竹床占据有利的阵地。月儿从夜色张开的黑氅中钻出来，把村庄的喧嚣切割成一片静谧。外公摇着蒲扇，我们躺在他的身边，听他讲许多神奇的民间故事。有一天晚上，外公遥望东北方向的星空，突然向我们讲起他的老家。外公告诉我们，在新安江水库下有一个美丽的村庄，村庄中有他们的樟树娘。每个夏夜，樟树上栖息着无数只萤火虫，像是缀满夜空中的星星，一眨一闪的，照得田畈上的稻花都绽放……

那个晚上，外公辗转难眠。他静静地站在老樟树底下，目光一直盯着东北方向，夜里的露水打湿了他的衣衫，他都不知道。

曾经的老樟树，滋生了多少如外公一样的乡愁与牵挂呢？许多同外公一样的游子，从老樟树下走出去，却再也不曾归来。

如今外公早已不在人世，但安放于樟树身上的乡愁，与我们相携相扶。只要樟树在，村庄就在，而我们游子的身份才会来路分明。

天凉好个秋

四季里，秋是最寂寥的，像深闺里的老姑娘，带着春心等待着一位心上人。等着等着，还未来得及看到爱情的端倪，春天就过去了。刹那间，铺天盖地的荒愁席卷着足音跫跫。恋着的，也不过是一把晚凉而已。

秋来了，似乎是在晨起的一阵风之后，又似乎在夜里一场雨中。风，凉了。衣衫，略显薄了。夏天的燥热，渐渐地隐匿于夜夜如水的月色里，秋蝉叫寒了湖水。到底是秋，不动声色地薄凉了山水。一任山寒水瘦地零落成泥。

风里有晚开的桂子香。一阵紧似一阵，密密匝匝的，动荡的香气四处溢。"冷露无声湿桂花。"是的，桂花被清冷的露水打湿了，秋思也不知落入谁家院子？桂子开得浓烈，凋谢得也惨烈。风雨过后，一夜之间，满树的桂子落在地上，看得人暗暗心惊。隔着一树的苍茫，让站在树下的人，心里悲也不是、乐也不是，连悲喜交集都不自知。

"少年爱上层楼，爱上层楼，为赋新词强说愁。"春天像一个踌躇满志的少年，有几分羞涩与矫情。经历了夏如火如荼的淬炼，方识得了人世个中的滋味，在暮秋时分不得不喟叹："天凉好个秋。"因而秋天适合一人把酒言欢，回忆来时明月照着的路。在秋天里，少年时的锋芒与尘世的牵绊都统统地收起来了，留下的是现世的安稳与静好。如同一块鹅卵石经过了岁月河流的打磨，原来的戾气和桀骜都消失殆尽。世间的种种，一如爱情，不论是交缠热烈的，抑或是痴守故人不回的，这一切终究都要归于人性的本真，回到人生的秋天，一饭一粥，简单地生活着。而这种烟火生活，也是最妖娆、最醉心的。

与友人坐在阳台上，秋天的阳光打在我们的身上，光线有着铜的质地和厚度。桦树宽大的叶子一片片地落在屋顶，她对着光，狠狠地拔下了自己头上突兀的一根白发。幽幽地说："年轻时真喜欢明媚的春，而今心如止水，愈来愈喜欢眼前清宁的秋了。"长风浩荡中，年轻的她轰轰烈烈地谈着恋爱，散了又合，合了又散。在秋日里，她知道爱情是农夫怀里的一条蛇。温度决定着悲欢。她再也轻易不会爱上一个人，也不会再像从前那般，蛮横地索求着什么。她懂得了自己想要什么，不需要什么。情不知所起，欲说还休，却是寂寞如秋，一往而情深。

也记得在作文课上，教学生写四季。一学生回答，秋是饱满的。这个词语，足足让我惊喜了半天。是呀，一到了秋，尘埃落定，园子里的果实是饱满的，即便连内心都是厚实的。记得在杯子里放入了一些菊花，倒进沸水，干裂的菊花瞬间饱满，只觉得岁月散淡如菊。楼下的阿婆搀扶着阿公颤颤巍巍地从我面前走过，秋风吹起了他们的白发和红色的毛衫，他们的手紧紧地缠绕在一起，像从未分开过似的。这是他们的人生之秋，果实累累，在人前，他们自是面不改色，端然不喜亦不忧。

刘亮程的《一个人的村庄》，我实在是爱极了，文字里流溢着秋的安稳和清远。细碎的桂子落在我的书中，亦落在我的发梢，少年的鲜衣怒马，已然在时光中悄然流逝，一丝丝的秋霜爬上了我的发际，但是我的心，因了这秋，饱满着，丰盈着。

第五辑　江南忆

　　光阴从江南打马而过，一些明的暗的，宛然在蔫。我只记得，陌上花正缓缓开着，一切都是最美好的模样。

云端上的葛仙山

月儿已经下去了。

一切景象是显性的。车灯亮起时，山峦、树影镀上了有层次的墨色。浅墨，墨黑，由浅及深朝远方洇，一点点地铺展陈开。一切又是隐性的。这些墨色像是从黑暗的甬道流泻而出，全部被暗拖住，从我们的车窗飞速地后退，消失。耳畔，风声隐隐，间或传来鹧鸪的叫声。风里有青草的气息，还有野花的香气。内心除却虔诚和敬畏之意，竟是有回归自然的喜悦。

这是我第二次朝拜中华灵宝第一山——葛仙山。

葛仙山，位于江西省上饶市铅山县中部，属于武夷山的支脉，堪称中国道教灵宝派的发祥地。

山不在高，有仙则名。中国的名山大川素为神栖之地，葛仙山亦不例外。古时的神仙方士讲究修心养气、炼气，他们崇尚自然，遵从心灵的呼唤，故而选择活动的场所，往往离不开风景怡人之处。葛仙山起于地，摩于天，吸纳天地灵气，草叶郁茂，山峦参支。山顶常年雾气袅绕，水气泱泱，最适合养气、炼气。但凡气足了，方可修炼内心的平和。据当地的县志记载："（县治）南七十里，曰葛仙山，其高三十有六，二十里，汉仙人葛玄之所筑也。爰有仙坛、香炉、水碓，皆铁冶。有仙井焉，有龙池焉，有上马石，下马石，息心石；有试剑石，字书精妙；有飞升台，玄峰凌虚；有鹤迹鹿蹄。"千年前，山吸引了葛玄前来炼丹修道，慷慨地赐予他修炼之地；千年后，山又因葛玄名传天下，把中国的道教文化推向了辉煌。

车子俨然一条喘息未定的鱼，游弋在大地皱褶间。黑暗，悄悄地隐退了。天地趋于清明，眼前的事物逐渐明朗。葛仙山，毫无悬念地呈现于我们面前。初夏的晨光以优美的圆弧笼罩住了葛仙山，从树梢处升起了薄薄的一层雾气，融入山峦的幽静。葛仙山在雾霭的掩映下，静坐云端，不言不语。山中古木苍苍，野生的羊齿植物和蕨类植物相互缠绕，一些不知名的野花星星点点地闪烁着，它们安静地相处一个空间，互为背景，又同为主角，它们隔得如此的近，彼此间能聆听各自拔节长高的声音。不同颜色的绿，一层层，不引人注目地流向山峦，它们演变成南方特有的绿色气流，延续着生长或是衰亡的规律。放眼望去，所有的生物都在自然地生长，欲与天公试比高。偶尔鸟儿扇动翅膀掠过，仿佛这一切都是生命的源头。透过万物之象，我们的身心无限地放大，视觉、听觉、嗅觉、味觉，得到了前所未有的扩张。阳光停驻山谷，山谷如某个时空的金色湖泊，有着分娩后的安详与宁静，静候着每一个怜惜时光和爱的朝山进香者。一股清泉自山谷的深处顺势而下，在谷底开辟出一泓清澈见底的水池。水池周围，孕育着一大片茂盛植物。传说葛仙翁每次上山下山，都逗留此地洗濯。水，滋养天地万物，亦能洗净万物的尘埃。水池边，有人将水沉入体内，有人舀水清洗仆仆的风尘。而水擦亮了泥土中的小石子，青色的石子泛着天上的云纹。

我们拾阶而上。登至半山腰，几间木屋依傍山坡而建。我们停下脚步，一位慈眉善目的妇人走上前探问我们要不要喝碗粥，补充体力再上山。为了招徕生意，妇人将案板上的食材亮给我们看，说，笋是山上野生的，萝卜是山脚下自家地里种出来的，都是纯天然的，无公害。我们依言坐下，看妇人有条不紊地盛粥，装菜。我们品尝菜肴，其味果然比市场上销售的要鲜美。我们一边喝着碗里的粥，一边与妇人闲聊，询问生意如何。妇人道："旺季的时候钱挣得比较多。但这种日子比较少。"我们复问，颇有打破砂锅问到底的架势："既然挣钱不多，为何不下山去沿海地区打工。"妇人淡然一笑答道："儿子媳妇在山脚下做蜡烛，一家人能相守，何必东奔西走的，又不是日子过不下去。"我们循着她的手指，依稀望见山脚下的店铺。我的脑海闪过一幅画面：妇人的儿子媳妇，清闲的时候仰头看半山腰的父亲母亲；父亲母亲牵挂儿子媳妇，登高俯视。他们的目光若是交集，定是人世间最温暖的光。在我们聊天的时候，妇人的丈夫一直坐在木凳上，埋头摆放香纸、蜡烛。他的脚下，静卧着一只猫。猫紧闭双目，满足地发出微微的鼾声，一副出世的超脱，像是完全消除了所有的念头。阳光从木屋的缝隙间照射在猫身上，猫宛如神灵。同行的一个朋友笑着说："葛仙山真是神奇，猫也懂得养神。"我心下一动，一只猫养活路人的眼睛，葛仙山静养了我们浮躁的心灵。

我们来到葛仙祠。葛仙祠又名玉虚观，是为了祭祀葛玄而建。高耸的葛仙祠建立在葛仙山的主峰，把自己变成了山峰的尖顶，整个建筑在千万道阳光中，像是振翅欲飞的雄鹰。一片片云絮听从风的指令，簇拥在葛仙祠的四周，顿时给葛仙祠沾染上几许仙气与神秘感。葛仙祠建于北宋，殿内有坛，坛上有葛仙翁雕像。殿门外右侧有三官殿、灵官殿，再下百步台阶是玉皇殿、地母楼、慈济寺等。葛仙祠殿内烟火袅袅，红红的烛火飘忽着潋漫的光亮。人处在诸神的凝视下，心胸随之被切割成一片宁静；而我们的人性被放大到极为完整的状态，内心的黑暗由神注入光芒，通透地亮着。

东晋初，道士葛玄从江苏来到鹅湖山，炼丹传教。一日，葛玄站在鹅湖山上，见西面的云冈山揽四方山峦，云朵缠绕，一如仙翁的衣袂，飘飘欲飞。葛玄立即前往云冈山，将道观建立于此。后来，人们为了纪念葛玄，遂把云冈山称为葛仙山。自此葛仙山声名远扬，成为闽、浙、赣等地的道教圣地。初唐四杰之一的王勃，登葛仙山，著有《山中》诗："长江悲已滞，万里念将归，况属高风晚，山山黄叶飞。"至今，后人都能从《天彭游记》中的"泉名富贵，韦节度之故步犹留；峰矗莲花，王子安之佳篇可读"联语寻得当年的佳话。

我们信步到葛仙祠后面的松树林。山中的松树错落有致地矗立在天地之间，一丛丛的叶片如新拭，鸟儿欢快地从一棵树上跳到另一棵树上。人走近了，它们也不过是停止鸣叫，埋首梳理羽毛而已。站在葛仙山的顶峰，一览众山小。想起葛玄云游大江南北，传道授医治病济世，以仁爱之心待人。之后，他选择了与云相接相扣的葛仙山修炼，羽化成仙。葛玄从一个孤独的行者到一个众人仰视的坐者，这不仅仅是心灵的嬗变过程，也是一个精神境界的升华过程。行者，胸中沟壑尽去，还原本来；坐者，心空无一物，天人合一。葛仙山牖启人心走向的是一种比天更为广大的包容与博爱，在自然里安放人心，在宇宙中由人心走向本然。

日落西山。我们在山下回望葛仙祠。这座赋予我们希望并照亮我们心灵之殿，高过了尘世，与天堂相接。而天堂，或许就在一念之间。

仓央嘉措说，莲花开了，满世界都是菩萨的微笑。

夏天来了，葛仙山脚下的十里荷花是不是也该开了。

山村的记忆

沈从文对张兆和说："梦里来赶我吧，我的船只是黄色的，尽管是从梦里赶来，沿了我所画的小镇，一直向西走去。我想和你一同走在船里，从窗口望那一点紫色的小山。"

我的心潮湿了，如同暗绿的青苔，摸上去有些苍茫。

我的山村，我的童年，今夜，我愿意乘着梦里的小船，沿着光阴所画的小镇，与你一同驶进你的河湾。

记忆中的小山村，是大姨的村庄。

大姨家在一个偏僻的小山村。

童年时，外公时常带我去大姨家。陶渊明的《世外桃源》中写道："缘溪行，忘路之远近。忽逢桃花林，夹岸数百步，中无杂树，芳草鲜美，落英缤纷。"这些似乎是专门为大姨的山村描写的。穿过一垄垄的茶山，走过一条条田埂，沿着溪流前行，大姨所居住的村庄就在桃花盛开的山坳里。山村四面环山。村外，灌木丛生，繁华细草；村中，牛羊成群；阡陌上，桃树，梨树，摇曳生姿。

大姨生有四男三女。彼时，大表姐已经嫁进了城，大表哥和二表姐也成家立业。家里有两个年纪相仿的表哥，一个比我大好几岁的小表姐。大姨家的女儿随大姨的模样，一个个都是水灵灵的。小表姐性子温柔，我那时整天爱磨着她，两个表哥时常戏谑我是表姐的"跟屁虫"。

大姨和大姨夫勤劳持家是出了名的。夫妇两个凭着一身蛮力和节俭，让孩子们过着吃穿无忧的日子。大姨家子女多，新盖了两栋楼房。一间老屋，住着大姨和姨夫。三间屋子成三足鼎立，围成了一个小小的三合院。院子里种着一棵硕大的桂子树。那是大姨从老家浙江移栽而来的。一架葡萄，翠绿的藤蔓，缠绕住了大半个围墙。码得整整齐齐的劈柴连着乌黑的瓦，有着盛世的安宁和静谧。

大姨夫不苟言笑，他像一条老黄牛，勤勤恳恳地埋头苦做。每天天不亮，大姨夫就站在院子里扯着嗓子，呼喊着几个表哥的名字。他像只陀螺，每天不知疲倦地转着。他用皮鞭抽打着我的表哥们，表哥们也像陀螺，跟着他一起转动。

山村的早晨特别寂静。姨夫的声音总是不合时宜地惊醒了我的美梦。我睁开睡眼，一缕曙光照射在窗棂上，屋外一片清凉。表姐窸窸窣窣地拉灯起床，穿衣下楼。

我躺在床上，一枕幽幽的笛声，哀怨地穿透窗缝，传入我的耳中。

笛声惆怅，销魂。我慌乱披衣，等我追出门，笛声怅惘地散落在山村。

大姨在厨房里，右手推着磨盘，左手拿着勺子把盆里的黄豆放进磨眼，细嫩滑溜的豆汁撒着欢流进木桶。她望着我失魂落魄的样子，停下手里的活儿，笑着说："也没见过你这样的，阉猪的笛声竟然也听成这样的稀奇。"

阉猪的笛声，我不禁莞尔。怎么阉猪的笛声也那般的动听呢。

雾气弥漫着山林，风宛如淘气的精灵，轻轻地撩拨着薄如蝉翼的轻纱。晨曦微露，窗外层出不穷地流溢而过的是山村的第一抹阳光。

我踩着露珠，林间传来了一声声雏鸟拿捏不住的初鸣，我循着鸟叫声走去。山里人习惯早起。隔河望去，小溪水边的青石条上，早已有了女人浣洗的身影。山村的炊烟袅袅升起，氤氲着翠绿的树冠，烟与树相互缠绕着，慢慢地又决然地散开。雾霭笼罩着村庄，如梦般轻渺。山村安静地伫立着。

姨夫带着表哥们在不远的地里忙碌着。二表哥和三表哥那时都是毛头小伙子，年轻气盛，再加上自幼都随外公练过几下子，两人十分好斗。这不，地里的活还没做多少，两人由拌嘴演变成了武斗。他们从这一块玉米地翻滚到下一垄的茶叶地。谁也没空理会他们。大表哥和表嫂冷冷地观望着，大姨夫头也不抬，低着头忙手里的活儿。他们对表哥们的争斗，习以为常。果不其然，不到半个小时，两位表哥打累了，他们自己停战，拍了拍身上的灰尘，相互狠狠地瞪了一眼，又走下地里，各自干着各自的活儿。

冬天到了，田里的农活忙完了。大姨夫和大姨围着火炉搓麻绳。

山里人都爱打猎，我也想跟着表哥们去山里打猎，可他们谁都不同意。大表哥和二表哥骑上摩托车先去打探山里猎物的情况。我缠着三表哥。三表哥心软。我使劲地眨巴着眼睛，滴出两行清泪。三表哥架不住我的死缠烂磨，他无奈地把我抱上摩托车。

摩托车骑在蜿蜒的山路上。偶尔，林间干枯的树枝垂挂在路旁。我学着表哥，像一个轻盈的猴子，左右躲闪着树枝。沿途荒凉的景色，使我兴趣索然。极目远望，看到大表哥他们的摩托车零散地停放在一个山谷。

山谷宽阔平整，山谷的左侧是一个水库，狭长的水库，仿若一叶小舟，静静地停驻在谷底。右侧是一片树林。林间的树木落尽了枝叶，裸露着一大片光秃秃的枝桠。地上铺着厚厚的、软软的枯叶。

大表哥看到三表哥带着我来，眉头微蹙。三表哥嗫嚅，不敢解释。

大表哥吩咐我们两个待在林子外面守候车子，他们十几人背着猎枪进了林子。他们已经侦察到一只野猪钻进了林子里的玉米地。

三表哥娴熟地找来一把干草，他点燃火。我们围着火堆干等着。山里真冷啊。我抽着鼻子，鼻子冷得连喷嚏也打不出来，两只手冻得通红。三表哥无辜地看着我。如果不是我跟着来，这会子，他和大表哥已在围攻野猪了。

天上的云层越来越厚了，怕是夜里要下雪了。蓦然，林子里传来了连续不断的枪声，声音响彻山谷。枪声惊扰了无数只的鸟儿，它们扑棱着翅膀，惊慌失措地乱蹿。

我和表哥兴奋地跳起来。准是大表哥他们找到了野猪，放出了枪声。

片刻间，刚刚还冷清的林子，霎时像火炉上烧开的沸水，咕噜噜地冒气，异常热闹起来。大表哥和村人扛着野猪，野猪喘着粗气呻吟着。二表哥的肩膀上挂着几只鸟，鸟儿的羽毛五颜六色。二表哥笑着对我说："青丫头守车有功劳，这些鸟儿的羽毛全部给你做毽子踢。"我乐得跳起来。二表哥做毽子最有一手了，他的毽子用鸟的羽毛制作，灵巧又美丽。

天上飘起了细细的雨，大家拾掇着，满载而归。

那个冬天，我待在大姨家里，乐不思蜀。大姨烙的玉米饼，金灿灿的，就着野味，诱人的气息，历久弥香，缱绻着我的一生。

后来，我参加了工作离开了小镇，就再也没去过小山村。听母亲说，大表哥住进了城，前几年他的儿子在杭州放高利贷，不幸遭人砍杀，客死异乡。其他人相继离开了山村，在小镇盖起了新房。

前几日回老家，在小镇偶遇到了三表哥。我和表哥聊起当年的往事，表哥幽幽地说："现在的山村寂寥无声了。这些年，村民乱砍伐，严重地破坏了自然环境。前几年，一场大雨引发了山体滑坡。村民们迫不得已搬离了山村，原来的山村解散了，村里徒留断壁残垣罢了。"

表哥的话，令我忍不住打了一个冷战。转身时，我的心骤然疼了一下，像是针尖扎进一样的疼。

夜深沉了，我们的路上没有了旧时的月色。董桥说："是我们在心中掌灯的时候了。"

我合掌祈愿着，这盏灯能够永远地为我们照明，温暖着我们的回忆。

寻梦水乡

　　船家的长篙轻轻一点，将一江的淡墨浅浅地漾开。墨绿色的縠纹铺展而去，渺成一片水烟，桨声欸乃。寻梦，撑一支长篙。徐志摩的诗自心底如水溢出。

　　涉水而行。江南古韵的气息，蛰伏在绍兴纵横交织的水泽深处。午后的阳光清闲地投射在水面上，只能容下两三人的乌篷船咯吱地摇着。这样的小船渡在水波上，恰到好处地点缀了水乡。都说绍兴水乡是一条河，停驻在青石板的每一个码头，乌篷船皆能抵达。然而水乡的梦，谁能打捞呢。临水而居的房屋，秉承素朴的古越建筑，粉墙黛瓦，飞檐翘角。脱落的灰墙上，苍翠的爬山虎绕上了墙头。或许是年代久的缘故，一些青苔沿着屋角，泼墨般地晕染着，浑然天成。栗色的木窗上有许多细碎的木格，它们宛若一把把剪刀横在窗上，把时光凭空剪得苍茫。房屋临街的一方是店铺，迎接着五湖的商贾。靠水的是小小的河埠码头，拴船只的铁墩子锈迹斑驳，仿佛伸手一摸，便能摸到一把沉淀已久的水乡故事。台阶一层层地延伸在水面，浣衣的女子蹲在台阶上，哼着温软的越剧，浅吟低唱在水边。

乌篷船顺流而下，抬头不期然与石桥邂逅。"朱雀桥边野草花，乌衣巷口夕阳斜。"石桥呈一个拱形，一棵香樟树默默地守在桥边。风里若隐若现的香气，像茉莉的清香，又像兰花的幽香。须臾恍惚间，自己似乎赴约一个知己，一个故人。月上柳梢头，醉了阑珊，我发如雪，依旧不见桥上的那人到。而一坛坛尘封的老酒，浓郁的酒香冲破重重深锁的庭院，在散淡的日光里，品着昨日的风云。

刚刚进绍兴城，当地的导游就告诉我们，绍兴是一个最适合消磨时光的老城。

果真。

游荡于小街，到处都是旧的气息，绵密而潮湿。这种气息足以令每一个游客与旧时光撞上，一起与水乡人沉溺。我站在一栋民宅面前，心里十分温暖地爱着。在那一刻，我突然明白在江西的老家，为什么在整个村子里，唯有我们的老屋是那么的格格不入，别人家的房前都有一个长长的走廊，而我们家的房屋与眼前的绍兴民房建筑构造竟是如此的相似。许多往事涌上心头，祖父的乡愁跨越了时空。捻过午后的阳光，时光的气息，像碎墨洇开在每一扇窗台。而呢喃在风中的大禹治水，三过家门不入，越王勾践卧薪尝胆争天下，沈园陆游唐婉的《钗头凤》，哀怨凄美，还有一代文豪鲁迅怀旧的情愫一一缠绕而来。闭眼呼吸，王羲之的《兰亭序》带着浓郁的墨香，洗净尘世的喧嚣与浮躁。

何况还有越剧。

三五人围坐亭子，一板，一二胡，都是穿着极其平常的五六十岁的老人。他们的声线中透着一股老绿，幽怨呜嗻，丝丝绕绕。我坐在石凳上，凳子微凉，看到不远处的一弯水，一拱桥，一帘柳枝闲逸地垂挂在水面。心倏地就被打湿了，依稀听见了自己的叹息声。他们唱的是什么，我并没有听清，可是这似乎都不重要。只要有这样的午后，临水照花，我愿意一路沉溺下去。

　　挥挥衣袖，我没有带走一片云彩。水乡，注定是一个寻不回的梦。风动，梦依旧酣。

石塘散记

或许是出生于江南的缘故，但凡与水乡有关的，我都十分温暖地爱着。

六月莲灿，我们去的小镇叫石塘。石塘这个名字，念在嘴里，噙着香。轻轻吐出二字，犹如莲花盛放。石塘镇位于江西省铅山县城东南的半山区，在明清时，以造纸业闻名于中国。

走近小镇，一种颓立于暗处。有些潮湿，却是秘不示人，散发着奇异的光。就像是残荷历经了凄风冷雨，看似寥落了，其实有了自己的铮铮之骨，味道和气象就出来了。

踏上小镇，清一色的鹅卵石小径，铺满了大大小小的、白色的、青色的、圆润的鹅卵石。这和铅山县城的明清古街有些不同，古街的巷子里都是青石条铺就。古老的槐溪河，恰如一条白练，从武夷山北麓飘落而下，绕过小镇，汇入信江之水。河面宽阔，河水清澈见底，在阳光的照耀下，泛着大面积的温暖。许许多多的鹅卵石像是遗落于人间的星星，星星点点地撒满了河道。天空湛蓝湛蓝的，俨然刚刚水洗过。云在山顶赛跑，使我的心痒痒的，忍不住想扯下一片白絮束起自己的长发，让云水在发间徜徉。倘若说，石塘是时光中的佳人，山便是美人的眉峰，水宛如美人的盈盈眼波，回首百媚生。

　　小镇素有"武夷山下的小苏州"之称。 站在大院的门前，斑驳的花朝门上，绿色的青苔有着洪荒的气息。一个偌大的铜钱图案由鹅卵石铺在脚下，铜钱的外圆是青石围绕，内中方处是白石铺成。院内也镶嵌着一个铜钱的图案，与门前的图案，相辅成成。从一进小镇，我就一直存着一个疑惑，为什么小镇的人热衷于用鹅卵石点缀建筑物呢？绝不会单是因为槐溪河盛有鹅卵石这般的简单。脚踩在铜钱图案上的一瞬间，我豁然明白了。中国的古文化一向崇尚的是中庸之道，铜钱外圆内方，象征着天圆地方。智慧为圆在外，刚正是方，慷锵有力的，必须收敛，于是藏在内。洪应明在《菜根谭》里就说："处治世宜方，处乱世当圆，处叔季之世当方圆并用。"智圆行方，在古代是为人处世的最高思想与境界。做人要上善若水，而鹅卵石经过岁月之河的淬炼和打磨，尽管锋芒毕失，但是依然坚韧无比。铜钱是吉祥的象征，也是做人的根本。原来智慧的老祖宗煞费苦心埋下的伏笔，就是要后人像铜钱、像鹅卵石那样做人处事。我想，石塘的后人必定是领悟了这个道理的。

　　青砖黛瓦，雕梁翅檐。这是典型的南方民居院子，宅子里有园，园中有花草，院中有天井，阳光就很随意地折射而入。岁月是一个过滤器，它滤掉了当年的繁华，只剩下天井里的一把瘦瘦的风吹着。数百年前，这里曾经是华光流彩，到处闪烁着金的光彩。经历了岁月的沉淀，如今，金冷下去了，沉下去了，屋檐上，房梁上都缠绕着一种无限的妖娆，成为了繁华后的一种清凉。过尽千帆，尘世间的悲欢在这里，举手投足之间，都变成了宠辱不惊、镇定自若了。

我曾经去过许多古镇，觉得绍兴水乡小城，最适合三五个老人躺在摇椅里，倒在午后的阳光中，听着温软的越剧守候着黄昏。而石塘古镇，像一个老情人，懂得冷暖，贴心贴肺的。推开厚重的院门，院子里的迎春花、杜鹃，无声地炸开。巷子的深处，飘过的是杜鹃啼别院：情相牵病相扶寂寞相陪。教人的心底暗一阵，明一阵，滋生出一些小小的欢喜和忧伤，一寸寸地迂回在小镇的每一个隐秘之处。早在八百年前的南宋，著名的词人辛弃疾晚年隐居此地，为石塘写下了《青玉案·元夕》："东风夜放花千树，更吹落，星如雨。宝马雕车香满路。凤箫声动，玉壶光转，一夜鱼龙舞。 蛾儿雪柳黄金缕，笑语盈盈暗香去。众里寻他千百度，蓦然回首，那人却在灯火阑珊处。" 桨声灯影里，阑珊了的岂止又是灯火？

午饭设在同去的文友朋友家。一只只绿色的清明粿仿若翡翠的小船停驻在盘中。这是石塘最有名的地方小吃，也是热情好客的当地人招待贵客的纯天然绿色食品。聪慧的石塘人在清明的前后，采摘下清明草，炊熟放入粳米中，糅合成一个圆圆的粿胚，上面搁置一些菜馅。绿的粿，红的辣椒，黄的菜馅，还未入口，眼球便被这五彩的颜色吸引住了。还有那青草的气息，盘旋在鼻子的周围，怎么能不举箸大快朵颐。难怪石塘人说，吃的是粿，面对的却是中国五行五谷的文化。菜肴偏辣，石塘人无辣不欢。辣味进入肺腑，一股子热气就在内脏四处乱闯，而人坐在席间依旧是面不改色，谈笑风生。

午后稍作休憩，"石塘通"卢志坚老师顾不上年岁已高，冒着烈日陪同我们一起前往连四纸陈列馆探访。

连四纸，又名绵纸，被人称誉为"千年寿纸"。绵，顾名思义，意为细腻绵密，平整柔韧。武夷山下盛产毛竹，勤劳智慧的石塘人上山采伐竹子，竹子经过浸、沤、洗、蒸、煎、漂、槌、晒、碓等一系列烦琐的劳动程序，千锤百炼，方加工成一张张"妍妙辉光，皆世称也"的纸张。由于石塘镇水系发达，河流纵横，致使小镇的城市商业日趋繁荣。据中国著名史学家翦伯赞主编的《中国史纲要》记载，当年的铅山造纸业与松江的棉纺织业、苏杭的丝织业、芜湖的浆染业、景德镇的制瓷业，形成了江南五大手工业区。在小镇的复生源、查安泉、赖永祥、天和号、罗盛春、松泰行等遗存的纸业商号中，可窥见一斑。连四纸着墨即晕，入纸三分，比宣纸还珍贵，是官府、文人墨客相互赠送的礼品。片纸不易得，措手七十二。

　　陈列馆隐在石塘小学的校内深处，像一个千金小姐，待在深闺无人知。陈列馆原是抚州会馆，几经修缮，以旧修旧，还原了当年的旧貌。古树环绕，一脉溪水沿着村子流淌，错落有致的院子，空寂而幽远。馆内陈设着制造纸业的工具，雕梁、勾窗，与镇上的民居房有异曲同工之妙。我闻着略带湿意的空气中有着青苔的气息。须臾间，一白衣男子捧着一叠连四纸，轻轻地对我说："嗨，你也来了。"

　　是的，我来了。没有早一步，也没有晚一步，遇见了石塘，在我最惊喜的时刻。此时，可以什么都不想；此时，只想念着石塘。蓦然回首，我和石塘在灯火阑珊处。

鹅湖书院的远与近

（一）

山野的风，一路跌跌撞撞地扑打着我们的车窗。在临近鹅湖村庄时，山风一脚踩空，惊起路边的布谷，两声长，一声短，清清凉的。一只布谷在我们的上空叫了一声，像一滴饱满的水珠，"噗"的一下，倏地溅向了不远之处的一座古建筑。

一下车，我就看见了"鹅湖书院"四个大字。两扇木门上的铜环，叩不尽岁月的沧桑。院墙上逶迤着广玉兰以及翠竹，层层蔓延着春天的绿意。院墙的两侧东西望去，是鹅湖山的远脉。一山连着一山，一树遮掩着一树，在春日下，山和树将自己排列成一个个诗句。鹅湖书院位于江西省上饶市铅山县鹅湖山麓。提及鹅湖书院，自是少不得赘述一下鹅湖山。鹅湖山是一座有着诗意和浪漫的山。晚唐诗人王驾在《社日》中描写："鹅湖山下稻粱肥，豚栅鸡栖对掩扉。桑柘影斜春社散，家家扶得醉人归。"诗中所描写的鹅湖山，即是此山。传说东晋时，有一龚姓人家居住山中，在湖泊里养了许多鹅，鹅羽翩飞去，后人就将此山唤作"鹅湖山"。中国古人历来讲究风水，古书曾记载："无水则风到而气散，有水则气止而风无。"所谓的风水，无非就是有山可以听风，有水可以聚财。鹅湖湖泊的两岸分别有状若狮子和大象的山峦，形成了"狮象锁水口"的气象。显然，鹅湖山不单单是"深山闻鹧鸪"之山，亦不仅仅是"樵夫与耕者，出入花屏中"之山。鹅湖山是在许多山峰中脱颖而出的灵峰，一直等待发现它的一双慧眼。

最初是禅师的目光掠过鹅湖山草木，让鹅湖山的每一寸山水熠熠生辉。唐代著名禅师马祖道一座下大义禅师慧根深长，素喜凭一衲、一履、一杖四方云游。一日，大义禅师由信江出发，登上鹅湖山峰顶，顿觉此地乃是修身养性的好场所。于是，他披荆植锡，创建了"大义道场"，大阐宗风，打破了上层僧侣的垄断，让佛法普及民间，风靡全国，从而令鹅湖山一时名动朝野。禅宗不立文字，以心传心；奉行"无修之修"，提倡参禅悟道的主张。大义禅师曾多次进京师论道，鹅湖寺为此被唐德宗赐额"鹅湖峰顶禅院"、宋真宗咸平间赐"慈济禅院"、景德间改赐"仁寿禅院"等盛举。大义禅师因鹅湖山的通灵接引了天地之清明，鹅湖山又因大义禅师享有了四方八面的声誉。

紧接着，一双哲学的眼睛盯住了鹅湖山。他就是朱熹。朱熹（1130—1200），江西婺源人氏，世人尊称其朱文公，他是唯一非孔子亲传弟子而享祀孔庙，位列大成殿十二哲者中。南宋淳熙二年（1175），朱熹、陆九龄、陆九渊应浙东人氏吕祖谦的邀请，在鹅湖书院举行了中国哲学史上一次影响深远的学术辩论大会。据《铅山县志》记载，当时与会人员达百人之多，云瀚雾聚，共襄盛举。朱熹主张读书格物"泛观博览而后归之约"，陆九渊则主张"先发明人之本心而后使之博览"。辩论历时三四天，最终"朱以陆之教人为太简，陆以朱之教人为支离"，双方不合而罢。然而，朱陆学术异同之论，却由此揭开了序幕。"鹅湖之辩"朱、陆两大学派形成壁垒，会上的争鸣，促进了宋朝学术的繁荣。在很大程度上，为朱熹成为理学的"集大成者"奠定了新的基础。若说大义禅师是鹅湖山的守护神，那么"鹅湖之辩"就是一个火炬手，他们高擎着火种，领跑，薪火相传，使我们中华民族的文化传统得以生生不息。之后，人们为了铭记"鹅湖之辩"，便依傍寺庙建立了"四贤祠"，此为鹅湖书院的前身。

"鹅湖之辩"后的第十三年，辛弃疾与陈亮相聚于此，论政填词，长达十日之久。辛弃疾（1140—1207），山东人氏。辛弃疾生于多事之秋的南宋，由于与当政的主和派政见不合，被弹劾落职，退隐江西上饶。他与朱熹以及浙江志士陈亮是好友。原本辛弃疾和朱熹约好，他带陈亮去鹅湖山，三人聚一聚。但朱熹放了辛弃疾的"鸽子"。辛、陈两人的"会晤"，虽不及"鹅湖之辩"影响之广，南宋的历史也并未因这两人的"会晤"而改变什么，但两个怀才不遇、报国无路的旷世奇才，在交谈中碰撞出火花，产生惺惺相惜的情感，却引作历史上的美谈。辛与陈两人对雪煮酒，纵谈天下大事。月洒西窗，谈兴浓处，陈亮拔剑起舞，辛弃疾击节高歌。陈亮返回浙江老家，辛弃疾挥泪相送。这一送别，你来我往，三日后，两人都不忍舍弃对方独自离去。至今，在铅山的民间，都流传辛弃疾与陈亮的五阕唱和之词。辛弃疾隐遁鹅湖山水之间，虽只能"醉里挑灯看剑，梦回吹角连营"，壮志难酬。可是，手执狼毫的他，却璀璨了中国文化长史。尤其是他创立的"稼轩体"，在中国的词坛，产生了深远的影响力。

历史辗转到明代，宁王之乱，兵燹之余，书院的学舍悉数毁坏。直至清康熙年间，信州的官员为了铭记鹅湖盛会，遂在鹅湖山脚下重新修建了书院。鹅湖书院，古老、悠远，建立于宋朝，毁于明，清重建，到近几年，政府数次扩建。

鹅湖山，一度又一度把中国的文明助向了辉煌灿烂。畴昔的鹅湖山是一块风水宝地，引来了大义禅师开山植锡，故有了兴废屡迁的鹅湖书院；有了鹅湖书院，而后才有朱熹和陆九渊等人的鹅湖之辩，以及辛弃疾和陈亮的鹅湖相聚。鹅湖之峰，何其幸哉！既是神所栖之境，又是衮衮风流贤士作形而上下求索之地。正如万历四十六年铅山知县笪继良所说："鹅湖之峰，则专列唐释氏南岳、青原之二宗，宋儒尊德性、道问学之二门，分宗分门，异论殊途，则有三禅之传灯说也，有四先生之语录可讲也。"

鹅湖，山因鹅而得名，寺因禅师而得名，书院因辩而得名。安然偃卧在鹅湖山的书院，在时光的深处，等待着无数双慧眼识得它的庐山真面目。

（二）

进礼门是一庭院，院内广玉兰生长得一派葳蕤，覆盖了院子，隔开了门外的喧嚣名利。树木在很多时候，往往比人更幸福。它们不管世事如何变迁，也无需关注他人的动向，它们可以一直生活在属于自己的光阴里。年轻的讲解员对我们说道："你们来早了。每到初夏之际，玉兰开出的花朵像一只只白鸽栖息在枝头，香极了。"

经她一说，我们也觉得来得不是时候。一条鹅卵石径直通向头门，门上悬"敦化育才"的匾额。两侧有楹联："鹅从天外飞来，藏修游息，返本开新，人文化成弥宇宙。湖自地心涌现，吞吐涵容，承先启后，书院论道贯古今。"门前各竖立柱子，柱子雕刻楹联，如龙盘踞缠绕于上。伫立匾额下，教人深思。宋时的风从此地路过，留下了"欲说还休"的风情；明清的雨飘过，留下"山一程，水一程"的雨意；智者走过，留下不朽的思想光辉。进头门是一座石牌坊，笔直的甬道通向状元桥。牌坊由青石砌就，四根柱子拔地而起，直向苍穹。牌坊的北面额文为"斯文宗地"，南向额文为"继往开来"。牌坊上精雕琴棋书画，葫芦、朱笔、寿字、蝙蝠、丹凤等吉祥图案。牌坊的顶呈葫芦状，四角镶嵌着十八尾跃跃欲跳的鲤鱼。整个牌坊上都是雕花镂空，花鸟动物，栩栩如生，犹如鲁班再世。这种超凡的雕刻，唯有古人才能做得出。它们穿越了时间和空间，让我们为之叹息不已。状元桥下，两个半月形的泮池中，植有睡莲。仲春时分，那些睡莲才从酣梦中醒来，嘴角流淌着梦的痕迹。它们匍匐在水面，裸露着新绿。起风了，睡莲的叶面在水池中颤动，簌簌作响，像是琴上的弦。缕缕闲散的阳光从院墙折射而下，穿过院中的竹子，稀稀疏疏地照射在游客的身上。来自山野、田埂的草木清香顺着院墙涌入，让人的身心无限地扩大。青砖、朱墙，一点点黛色的屋脊，晕染出岁月的苍茫。窗明几净，给人以明净、妥帖之感。房子保持旧时的模样，青苔就在墙角默默地生长，几丛月季花挤在一处，推推搡搡地开着花朵。一切都是老的格局，到处弥漫着古朴、幽深的气息。我们坐在石栏边，隐隐的一丝凉意袭上心头。同伴道："果真是'水自竹边流出冷，风从花里过来香'。"

想着古人枕着水声、墨香、花气入眠，又在晨钟中醒转。我实在是羡慕之至。须臾间，见那风拨弄万物，美妙的音符满天飞扬。侧耳聆听，这声音像是古琴发出，绝不是古筝。古筝属于高朋满座时助兴演奏的乐器，太过于刻意；古琴则不然，它是孤独的高山流水，弹奏一曲，道不尽"知音难求"。眼前大自然演奏的乐曲，倒是暗合了辛弃疾三番五次入书院找朱熹畅谈的心境。

我们穿过一座又一座的院落，来到"御书楼"。门额上书写"穷理居敬"，廊柱上刻着"章岩月朗中天镜，石井波分太极泉"，俱是康熙皇帝所题。"御书楼"始建于清康熙五十六年（1717）。书楼隐然于樟树之下，飞檐翘角，掩饰不了威严、肃穆的气象。里面的陈设一律是仿古的家具和器皿，教人一下子嗅到了三百年前的书院繁华气息。房子和人一样，都喜欢把岁月藏进皱褶中。我想，书院之所以能够较为完整地保存下来，和它不凡的身世也有莫大的关系。

在讲堂前，我们踟蹰不前。古时的书院是有区别于官学的一种民间教育机构，是私人或是官府聚众讲学、切磋学问之地。宋代讲学的兴起，书院的讲堂应运而生。只见大堂的正中，书写着朱子的教条，东西两面墙上嵌有朱熹的亲笔拓写片"忠、孝、廉、节"。"鹅湖之辩"后的第三年，四十九岁的朱熹欣然访得白鹿洞书院的遗址，他上奏朝廷，修复其旧貌，并亲自制定学规，提出了"博学之，审问之，慎思之，明辩之，笃行之"的治学方法。到了康熙五十四年（1715），后人在鹅湖书院设立讲堂，便将朱子教条移入。朱子的"学、问、思、辩"的学习顺序，在我们今人看来，仍然具有不可估量的意义。朱子曰："父子有亲，君臣有义，夫妇有别，长幼有序，朋友有信。"这是朱熹的"五教"纲目，它谆谆教导后人怎样修身、处世、接物。朱子引导后人要懂得礼义道理，修养身心，然后推己及人。朱子阐述"格物致知"时说："上而无极、太极，下而至于一草一木昆虫之微，亦各有理……所谓格物，便是要就这形而下之器，穷得那形而上之道理而已。"朱熹运用自然科学知识和思想，把理学推向了鼎盛时期。英国科技史家李约瑟曾感叹道："朱熹是一位深入观察各种自然现象的自然学家。"朱熹的思想，缔造了一种力量，这种力量出自丰富的灵魂又反过来丰富我们的灵魂生活。自此，朱子思想在江右大地扎根生长，直至枝繁叶茂。如今，跫音远去。案角，一卷书简，一帧画，都盘桓着古时的况味，挥之不去。这一案一椅，一草一木，引领着我们奔赴遥远的过去。先贤的声音响彻在空寂的院落中，随即，朗朗的读书声，声声入耳。在书声中，我们听到了村妇淘米浣纱的声音，还有鸟儿的啁啾、田间农人吆喝牛的声音。所有的声音闪烁，荡漾，在我们心灵广阔的大地上回响，像是沉重的金属，掷地有声。我想象不出在那些远离乱世的光阴中，一代又一代的读书人怀揣虔敬之心走进鹅湖，将自己的命运交付给这样一座庭院，等待他们的又是一番怎样景象……

我们沿原路返回，遇见一群小学生聚集在牌坊下诵读《朱子教条》和辛弃疾的诗词。上车时，我突然想起了牌坊上的四字："继往开来"。

车子行驶，书院渐行渐远，它的影子一寸寸挪移，沟通着天地和我们的世界。

新篁，一段赶赴 25℃的路

那些山矾，那些杜鹃，前些日子还呼啦啦的四处渐欲迷人眼，不过半月之余，它们便向季节招了安。不仅花瓣消失得无影无踪，连枝干都蔫不拉几的垂头不语。倒是遍布林间的桐树，就在山势的迂回中，不动声色地绽放一片，也不知道埋藏在地下的力量到底有多大。

我们的车子逶迤在山的皱褶里。

一路上，五里铺、枫林、石桥等村落的名字像一行行诗句跳跃在我们的唇间。车子绕着一道一道的山梁上去下来，再上去复下来，把路边的山和树推远，接踵移向眼前。漫山的竹子汹涌着绿意，天空的蓝隐现在群山之巅，就像风画下的抛物线，显得清远和深邃。溪水在巉岩间奔流，新篁就在我们的行进中鲜活而生动起来。

凝望一竿竿竹子蓬勃着不同层次的绿，觉得新篁的命名者很有诗意。篁，很容易让人想起柳宗元的《至小丘西小石潭记》中的"隔篁竹闻水声"，一静一动，顿觉幽远的古意卷土而来。命名者独坐幽篁里，极目尽是铺天盖地的春天新绿，风吹竹林传来一阵阵长啸。遥想自己的子孙后代能诗意地栖居此地，命名者忍不住露出笑容，挥毫留下"新篁"二字。

新篁的竹子恣意地生长在山坡上，它们不会为了取悦谁而去展示形态之美。它们的枝干紧紧地挨在一起，树梢攒动在苍穹之下，像是无数个人物，胖的、瘦的、高的、矮的，汇聚而成。人和树很相似。很多时候，人是以自己的精神气养大了树，而树往往会形成一个气场去孕育人。

新篁乡的崇山村掩映在一片竹林中。村子不大，只有十几户人家。公路旁错落有致地排列着房屋，开门即看到苍翠的青山。端得是林木遮天蔽日，群峰连绵，气象万千。一条小溪清清浅浅地穿过村庄，又绕回了田畈和青山，悄悄地滋润着农作物和树木。水面上横卧两座桥。两桥如同一对父子，依山傍水，立着。老桥渐入式微，始建于清乾隆十八年（1753），光绪年间被洪水冲垮，后得以茶亭寺高僧募捐筹钱重修。桥面上的麻石罅隙间露出野草和鹅黄的毛茛，绵延着洪荒的气息。站在老桥上，低头见一弯溪水，绿漪的流线泛着缎子般的柔光，水草缓缓地拂动，云影无声地落进水里，又漾出村庄的日常。时值暮春，阳光在山峦间照耀着水面，水面照耀着桥，桥照耀着植物，植物照耀着村庄，村庄照耀着我们，一切景物都泛起了光亮。古老的阳光神奇般地将世间的万物置换成不同的光体，这些光体相互照耀着，辉映着，温暖着。

老桥的一端矗立着一根石柱，另一端的石柱斜斜地倒在岸边。石柱呈六个面，分别代表着各个不同的方位。矗立的石柱上半部分明有一道裂痕，尽管石灰涂抹着，却遮掩不住伤口的疼痛。从河岸边蹒跚走来一位老妪，著偏襟蓝衫，盘扣之处，已有了岁月的亮光。老妪指着石柱说，当年她的儿子年少轻狂与人打赌，轰然推倒了石柱。后来，她的丈夫死于非命，大儿子跌入河中溺水而亡。推倒石柱的儿子外出打工时，也不幸遭遇车祸去世。

我们闻之，愣怔住了。老妪像是安慰我们，淡淡地说道："生死有命。各人的修行成就各人的造化。"

都说一方水土养一方人。临桥而居的人，走着相同的一段桥，演绎的人生却迥然不同。老妪的家在桥东。一棵枣树的根须从地表下延伸出来，伸到了土墙外。树总是比人活得更坚强，也更长久。人死了，树活着，村庄就活着，而一辈又一辈的人就在村庄中延续着血脉，繁衍出新的希望。

从老妪家出来，兜兜转转，朋友滕美英夫妇将我们带到了一片残垣断壁之处，告知我们这是弋阳叠山书院的前身。据县志记载，这座书院系谢枋得聚徒讲学之地。谢枋得，南宋爱国文学家，字君直，因推崇苏轼的"溪上青山三百叠"，故号叠山。《宋史列传》中描写谢枋得："为人豪爽，每观书五行俱，一览终身不忘。性好直言，一与人论古今治乱国家事，必掀髯抵几，跳跃自奋，以忠义自任。"

书院早已毁于乱世，散乱的青石和麻石，丝毫还原不了当年的模样。天井的地上铺着鹅卵石，依稀可见外圆内方的铜钱图案。书院的前方是高耸入云的山峰，林间草木繁茂，水汽氤氲。田垄上，新栽下的秧苗吞吐着生机，大面积的野菊花亮着声势浩大的黄。一切喧嚣都被大山收集了。遍野的春水哗哗地流着，像是昭示着某些历史深处的呐喊。

宋朝灭亡，蒙古改国号元。元朝意欲拉拢汉族士大夫，图谋千秋霸业。遂三番五次派人诱降谢枋得，但都遭到谢枋得严词拒绝。元朝恼羞成怒，绑架他押往大都。岂料，将生死置之度外的谢枋得，愤然绝食，慷慨殉国。

书院几经修缮，后搬至弋阳县城。从建院到清末废科举兴起学校的两百多年里，为国家培养了不少人才。方志敏、邵式平等一批革命先烈就是从书院走出来，发动了震动江西的弋阳抵制日货运动。书院，在国家危亡的动荡年代完成了一场文化的救赎。如今，书院的弦音远去，但精神气犹在。与书院遥遥相望的是红色革命根据地——葛源镇。两地的建筑物隔着时空回归静默，不逐名利，不慕虚荣，它们从容淡定地吟唱着热爱、奉献、坚强的颂歌。

暮色渐浓，袅袅的炊烟从各家各户的屋顶上升起来。蓦然想起朱天文的一段话。她说，突然觉得人生山长水远，却就只在这一段赶赴 25℃ 的路上。

在山水间，我们的内心抵达了世间所有不可企及的地方。

而这个地方，温度恰好是 25℃，不冷不热，不蔓不枝。

重石李家记

　　雨停了，太阳在被雨水澄净的蓝天中隐遁了行迹。雾气从山峦的豁口之处涌起，一团又一团，轻盈得如鸟的翅膀，在乡村的上空飘来荡去。它们时而飞下云端，像一条白练缠在山腰；时而又浮在低空，像花瓣挂在树梢，将村庄幻化成一个人间仙境。一树树的翠绿，每一片叶上，都滴着亮闪闪的水珠，像哪个孩子忘记收回去的明亮眼神。白墙黛瓦的村庄在绿树的掩映下，隐约露出线与面的轮廓，寂静而又生动。

　　这里是重石李家。像中国大多数的乡村一样，人姓什么，村庄也就姓什么。重石李村，一个被世人称之为"皇家后裔"的地方，跟着老祖宗的姓有一千多年了。据村里的族谱描述，唐高宗李渊坐实江山后，膝下有二十二位皇子。在众多皇孙当中，李渊的第十三子郑王李元懿的两个儿子生性钟情山水，喜欢游历江南。后举家从陇西搬至信州。有一次登灵山，见山麓下的重石群山环抱，气势磅礴，水源丰沛，是藏风纳气的风水宝地，遂移居依傍灵山建立了理想家园。

　　走进村庄，迎面的是一面土黄色的墙，几个粗瓷瓦罐镶嵌其中，

"皇家后裔，重石李家"八个朱红大字，透着俗世的吉庆。黄色和朱红，都是皇亲贵胄的御用之色，彰显出村庄先祖的高贵之气和辉煌的历史。旁边有一个亭子，青砖砌就的墙上，生长着几抹暗绿的青苔，似是画境中晕染的水墨，大有古意之美。正是西瓜上市的时节，几个村妇蹲在亭下吆喝，箩筐里一片绿色。

一条条古朴的石头小径像一根根枝柯，纵横交错地伸向村庄的深处。院墙都是随着房子的走向围成，有的用废弃的旧瓦片围出了一个前院来，种着柚子树和枣树，树下是花丛；有的在靠近厨房侧面，利用河滩上冲下来的鹅卵石，圈起了一个长长的后院。庄稼人仰赖土地，宝贵着土地。他们在后院开出几畦菜地，种上时令的蔬菜。院子里的柚子或是枣树的枝条，翻过这家的院墙，从隔壁的院子里探出果子。一棵树，一片花丛，一畦蔬菜，一截围墙，点点滴滴，都被村人精心呵护着。村庄里，有几口水塘，蓄积着一汪汪的水。荷叶田田，托举着一朵朵粉色的花。水塘边野生着柳树，枝丫垂挂在水面上，像是一根根钓竿，钓起了看荷人的梦。荷风送香气。微风吹来，整个村庄都荡漾着淡淡的植物气息。想起杨万里的诗句："却是池荷跳雨，散了真珠还聚。聚作水银窝，泻清波。"顿时觉得，人淡如荷，像这般从容地珍惜好日子，是人世间最美好的事物。在一口水塘边，我们遇到一位荷锄而归的村人。他指着满池的荷花对我们说："在李家，随处都是荷花。"我们问他："藕多吗？"村人答道："我们村里水多，藕自然长得好，水果也多。"他的话语中，溢出了对盛世生活的满足和幸福。

转过一道弯，我们看到了"李氏宗祠"。推开厚重的木门，祠堂里供奉着李氏家族的祖先牌位。柱子上雕刻"宗功祖德流芳远，子孝孙贤世泽长。"读联，可以推出李氏家风以品质和德行为最紧要的。祠堂历经朱三朱四之乱、郭忠孝之乱、江拐子之乱，屡建屡毁，直到光绪六年，李氏后人耗资两千两银子，历时一百余年，才完整建成木石砖瓦的"李氏宗祠"。祠堂的翘檐安静地托起苍穹，让前来瞻仰者感受到一个村庄没有泯灭的家族感情以及村庄的精神凝聚。一寸寸墙砖，是安放李氏族人的灵魂栖息之地。伸手抚之，每一分温度都存留远古岁月的沧桑。一束光照在功德碑上，须臾间，一个个捐资者的名字鲜活起来。捐资的数目不等，从几百元到上万元。一股木香，如水般细细地沁入我们的鼻间。香气悠长深沉，在祠堂的四周蔓延，弥久不散。祠堂外，有两棵银杏树，高耸入云。数步之远，是"参三阁"书院文化博物馆。书院始建于贞观年间，李氏祖先抛却名利喧哗，流宕转徙，隐然于此，耕读传家，清白明世。书院为"一进三厅两厢房"的格局。居中的院门，设有长廊。门、窗、梁、斗、拱、柱、椽、檐上，雕刻着"渔樵耕读""五谷丰登""花开富贵""瓜瓞绵延"的精美图案。这些图案，古典而华丽，无不蕴含着人们对美的热爱，对幸福的追求，对礼义的尊崇。书院的厅堂摆放着几张书桌，靠墙有书架。书桌上，一卷古书随意地翻开，发黄的书本散发着岁月的沉香。在每一页安静的字里行间，都隐藏着一段历史。李元懿的两个儿子住在北方，就偏爱读书。重石真是好地方，气候温和，雨水充沛，让他们过上仓廪殷实的日子。人一旦在物质生活中得到满足，势必去追求精神层面的东西。于是，他们便在村庄里建立了书院，用书籍安顿他们日常中所有闲暇的时间。白天，他们挥着竹鞭，赶着牛下地劳作。晚上，就着烛光，泡着茶，沉浸到诗书的美妙当中。一室翰墨，满庭书香。书院的门口有一水塘。

多少个读书的夜晚，喂养他们生息的水塘，将书院倒映其中，自显一种风流。而书院中的一盏盏明灯种在水塘里，像一粒粒红宝石，被黑夜托在掌心里，照耀着村庄。

书院的后面，是"陇西第"。两层楼高的门楼，墙身自檐口往内退缩，下面是宽敞的大门，上面飞檐翘起木雕。门脸体现了李氏一族谦和礼让的风貌。门坪前立着七个旗杆石墩，标志着家族的荣耀。如今，它们一如宗祠和书院，安静地伫立在时光中，过往的人们无从设想它们经历了怎样的辉煌，但是它们所流露出的内敛气质，却时刻传递出某种秘不示人的气息，依旧耐人寻味。

村庄的后山，树木密密丛丛。雨后的树显得特别干净，闪烁着一层油绿。栾树顶着一簇簇花朵，临风竦竦。梧桐树宽阔的叶子下，藏着一颗颗青绿的果子。而樟树尤其多。二三人合抱的樟树，托举成一把把大伞，将福祉源源不断地降临于村庄。鸟雀在树木的枝丫间扑棱着翅膀，飞进飞出，啁啾跌落一地。远处是葡萄园，西瓜地，火龙果园、水稻，铺展着无限的生机和希望。村里人告诉我们，村庄里一年四季瓜果飘香。有歌谣为证：看不尽的风光，装不完的瓜果。

趔身出村，"悦来亭"下的农妇犹在卖瓜，箩筐里盛满了甜蜜。

冬至雪将至

（一）

入冬后，太阳日渐式微，步履踉跄；风仿若阳光手中托起的奶特杯子，恣意地泼洒着寒山瘦水，到处弥漫着它的腥味。祖母的衣袖和裤腿含着风，风支撑起她的轮廓。阳光将她的影子拉得很长，影子像是村庄的裤管，空荡荡的。

祖母自开春大病一场以来，身子每况愈下。每个有太阳的午后，我都会背着她到晒谷场上晒太阳。隔着衣衫，祖母一根根棱角分明的肋骨硌得我的背部生疼。有时候，我背着祖母，觉得背上不是一具有分量的身体，而是棉花地里平地拔起的一捆麻秆。

晒谷场上坐满了消磨时光的老人和妇人。老人们长长的衣襟覆盖住脚炉，膝盖上搁着一筛子的油茶籽。霜降时摘下的油茶籽，晾晒之后壳与果仁分离。筛选出的油茶籽壳，老人们弃于脚炉。脚炉里木炭的余温烘烤着油茶籽壳，喧腾腾的，散发出茶油的香气。妇人们不用脚炉。晒谷场上堆着厚厚的油茶籽壳，她们褪下围裙，随意地铺展在油茶籽壳上，一屁股就坐下去。一年四季，农家女人的手没有一刻闲着。果腹的粮食收进了仓，她们又开始谋划着一家老小的冷暖。她们纳鞋底，上鞋帮。手中的布鞋承载了一个又一个年富力强或是老态龙钟的身躯，这些身躯循着先人的足印，在土地上长年累月地辛勤耕作，播撒下希望的种子。针线在妇人们的手中篦着，她们倾注的感情就在麻绳与棉布之间不厌其烦地种植和繁衍。

祖母寡寡地坐在晒谷场的边上。她似乎与晒谷场上的村人格格不入，有如一棵植物被冷落在人群之外。祖母孤傲，不参与村人的活动，自顾自地活在自己的山河里。她的衣着永远干净整洁。夏天穿的白衣青裤子，浑身上下找不到一个皱褶。她不太出门，常躲在院子里吸着黄烟听收音机。院子里栽着一些烟叶和两三棵柚子树。收音机播放着何赛飞的《梁祝》，婉转似杜鹃啼别院。柚子树上白色的小花朵，一波又一波，仿佛永远开不完似的落在祖母的发间，香极了。祖母的头永远都是高高地昂着，天生给人一种清高的距离感。即便是病了的她，也是挺直着身板。她的身上似乎有清莲的气息，脱尽世俗。或许，她本身就是一朵残莲，不懂得像桃花取悦春天，灿烂地开在百花丛中。她默默无闻于田野，孤芳自赏，修炼着自己的铮铮铁骨和格局。

一阵尖锐的风吹动了油茶籽壳。晒谷场发出了或厚或薄的钝滞声音，这声音像极了门前河流流水声。人群中有人裹紧衣衫，忍不住颤声说："起霜风了。"

祖母置若罔闻，她的眼睛望向前方。

晒谷场的对面是一条小河。

这条小河，在祖母出生前就如一条小船搁浅在村庄外。每年的春天，充沛的雨水使干涸的河流如同青春期少女的胸脯，迅速地膨胀起来。春水日潺湲，如一条分界线，湿漉漉地将我们村庄和邻村隔开。两个村子里的女人经常起早蹲在河边上浣衣。浣纱杵衣的女人一拨一拨的，大段的浣洗时光占据了她们一生中最重要的时段。青色洗衣石沿着河岸排开，虽然形状不一，却衔接得井然有序。小河是村庄的生命之源，亦是女人们的用武之地。洗衣石为女人们应运而生，它们是老天特意为女人安排的忠实聆听者。尽管洗衣石像士兵站在哨位一样蹲踞在河边，一辈子都没上过岸，但它们对村里的故事了如指掌。它们熟悉村里的女人，甚至在来往的小女孩脸庞上，能分辨出她们与祖辈相似之处。女人们谙知洗衣石守口如瓶。婆媳间的抵牾、妯娌间的嫌隙以及她们对丈夫的抱怨，那些不能说与别人听的话，毫无顾忌地，唠叨给石头听。石头呢，紧锁女人们的心事，从不向任何人透露她们的信息。

只是现在，这条河流偃旗息鼓，河水也不知道埋伏到哪里。两岸的寒芒稀稀疏疏地折断在杂木中，难以站立。河边的洗衣石，如同结绳记事的麻索，惊慌失措地裸露着它们的寂寥和冰冷。

阳光慢慢地淡薄，凝作一缕凄凉的红光，一点一点地隐退在山坡上。光线打在我们的身上，我们闻得到它的气息，却触摸不到其温度。祖母一动不动。她的眼神掠过小河，渐渐迷茫，不知所望。

离小河不远是一座没有名字的山。山不说话，当我们巡视它，它像个老者般沉静地打量着我们。

在我们乡下，众多的小山和小河一样，都是没有被冠上名字的。小河属于乡村。山和田地一起包产到户，分到了每家每户，贴上了私人的标签。人们在说起山的时候，就像说起村里谁家养的小鸡小狗，总是牵扯到与自家有关联的人物事件。我的外公、外婆埋葬在桃园，父亲时常指着桃园对母亲说："你父母的山。"茶山毗邻的一座山，因为父亲小时候老是到那里砍柴。母亲每年秋天到山上采摘野菊花，用"去父亲砍柴的山"告知我们。

小山很小，一些参差的小山包从不同的方向挤压过来，把小山挤得成了一条抛物线。在山包的当中，躺着我尚未谋面的曾祖母。我的曾祖父二十几岁出去经商就杳无音讯，留给曾祖母的是两个嗷嗷待哺的幼儿。我们无法想象，在那样兵荒马乱的年代，曾祖母一个弱女子需要喷发多少潜在的能量，才能靠一己之力带大孩子。曾祖母一字不识，但明白知识能改变命运的道理。她卖掉老宅，将两个儿子相继送入学校接受良好的教育。后来。她的大儿子毕业后在县城当上国民党的保安队长，小儿子进了保安队做文书。她终年的蹙眉舒展了，眼瞅着之前的辛劳就要得到回报。忽然间，社会发生了翻天覆地的变化。像所有的国民党军官一样，她的大儿子仓促地随军撤离转往台湾。她和小儿子惊恐万状地等待着另一种日子的到来。大概是因为远离故乡，抑或其他的缘故，她的大儿子颠沛到福建，不幸染病，客死异乡。人世间最大的悲痛莫过于白发人送黑发人。我的曾祖母还未来得及抚平存殁参商的伤痛，又不得不收拾行囊随祖父下放到农村改造……每年的清明节，祖母必亲自下厨备好祭品，嘱咐父亲带我们到"曾祖母的山"醮坟。曾祖母墓碑上的碑文是以祖父和他的兄弟名义写的，并没有刻上祖母的名字。据说，这是祖父遵从曾祖母临终的遗愿。曾祖母到死都没有原谅祖母。自始至终，曾祖母认为是我的祖母使用了狐媚手段，蛊惑祖父义无反顾地娶其为妻，从而令祖父遭受牵连，毁了大好前程。

风越来越大了，它拖着长长的尾巴，尾梢打着旋儿，扬起了一层呛人的灰尘。晒谷场上的人陆陆续续地散去。

我背着祖母返回她的家。

祖母独居一栋老屋。

说是一栋，实则是一爿房间和半拉子小柴房。伯父盖了新房，把老屋和祖母一起分给了成家的大堂兄。两年后，堂兄、堂嫂省吃俭用积攒了一笔钱。祖母舍不得离开老屋，匀出老屋三分之二的地基让给他们盖房。

祖母的房间暗逷逷，泛着一股淡淡的烟草味道。推门进屋，左边搁置一只矮脚柜子，上面搁放祖母陪嫁的樟木箱子。箱子的上方是一扇灰色的窗户。窗户上的木格子密集，仿佛横着的是篾匠手中的刀，把折射进屋的阳光凭空削成细蔑儿，零碎而黯淡。她的花雕床对着窗户，床的栏杆上雕刻着赭色的暗花。床上的蓝色被面，从最初的新蓝，蜕变成泛白的淡蓝。床边是一张红木桌子，桌子上摆放着收音机，靠近墙角的桌边遗落着一支黄烟杆。从前的祖母手不离黄烟杆，她的烟瘾很重，十个手指头几乎被烟叶熏黄。每天醒来，她须抽一袋烟回回神，方起床梳洗；晚上睡觉前，她的烟明明灭灭，犹如黑夜中红狐的尾巴。然而，这半年来她像变了个人似的，看也不看烟杆一眼，更不消说碰它了。黄烟杆有一尺多长，拇指头粗细，铜质的柄。一头是个装烟的小锅子，黟黟的，看不清本来的颜色；一头是深绿色的翡翠烟嘴。黄烟杆已然积存了厚厚的灰尘，灰蒙蒙的一片。这对于有着洁癖的祖母来说，是件不可思议的事。祖母自己不沾烟杆，也不许我们擦拭它。不抽黄烟的祖母，令人担忧。以往她只要疏于抽烟，我们就能读懂她的身子有恙。果不其然，她的病从春天开始，时好时坏的，拖到了冬天。

　　风吹进了院子，院子里的烟草和柚子树簌簌作响。我站立炉灶旁，为祖母熬一锅小米粥。小米在沸水中咕噜咕噜冒泡。厨房里水气泱泱，像是飘起了春雨。

　　春雨濡湿大地，蛰伏了一个冬天的农民走进久违的田野，叩石垦壤，新的一轮农业生产又开始了。一年之计在于春，春天是一个与农业生产关系极为密切的季节。再懵懂的庄稼汉遇到了春天，都知晓出门拾掇田地。

　　我们村里水田多，村人们牵牛下地耕种。每天的田畴上，吆喝水牛、黄牛干活的声音不绝于耳。整饬一新的水田，就在牛蹄下充斥着动植物腐朽的气味。接下来，人们播撒种子，种子浸泡几宿之后，膨胀得将坚硬的外壳顶破。没过几天，水田里就蔓延出一层鹅黄绿。而与我们有一河相隔的邻村，因为田少山多，他们便由粮农的身份微妙地转化为果农。每年的春天，他们掀开林莽，扶着犁铧从这头山丈量到另一座山。山上种着橘子和梨。俟望秋季水果成熟，各地的水果商贩开着卡车，用一沓沓人民币换走了山上的水果。邻村人在我们艳羡的目光中，率先富起来了。山给果农带来了甜头，滋养着某种欲望。他们由最初尝试种植小片果树林，到后来连屙屎不生蛆的山坡都开荒种上了果树。

　　曾祖母的山难以幸免。

　　那天，我和祖母蹲在院子里侍弄烟叶。烟叶长势甚好，枝干的汁液饱满，再过几个月，椭圆形的叶子比葵花的叶还要肥大且绿。白露时，烟叶就可以收下来用稻草梗系上，晾晒于厨房的屋梁下。烟叶的水分去后，祖母取来火盆，一张一张细细地烘烤，等烤到金黄，用刀切成丝，仔细包好在牛皮纸中。祖母的烟袋什么时候空了，就会打开牛皮纸，取出一点烟丝，再重新一层一层折叠包好。

院子里飞来了两只燕子，在檐下叽叽喳喳衔泥筑巢。祖母直起腰看燕子时，发现了舅婆。光阴是个贪得无厌的资本家，早在很多年前就毫不吝惜地榨尽了祖母那辈人的水分。舅婆蠕动烟丝般皱巴巴的嘴唇，沉声说："冬莲，有件事，孩子们分不清是喜事还是坏事，他们让我来和你说。你听了，千万别激动。"

祖母淡然一笑，春风吹起了她凛冽的灰白色头发。祖母将五指弯成梳子状，在头上缓缓地梳理乱发，待头发稳妥而顺服地贴在耳根后，她方开口问舅婆所为何事。

舅婆干巴巴地吞咽了几口水，艰涩说道："大姑爷的坟墓找着了，就在他的母亲坟附近。隔壁村的人挖山种树，发现了一具棺椁，看到了上面写着'王文杰'的名字。"

祖母闻言，愣怔片刻。"王文杰"三个字冷不丁就和她撞了个满怀，它们如同寒冰须臾间便冻结了她的温度，继而冰泮了她的思想，穿透了她。待她从舅婆语无伦次的话语中意识到祖父的棺椁一直从未远离我们的视线，情感的潮水挟裹着所有寂寞的牵绊奔涌而来。而多年得体夯就的土堡在她的心底，分离崩析，轰然坍圮。她紧抿嘴唇，努力地克制着战栗的身体，手仍然不由自主地抖动了几下。手上拔起的一把草顺势掉落在她的脚下，她浑然不觉，低着头说"我抽袋烟"，怏怏地从草上踏过。地上躺着践踏的草，蜷缩着狭长的叶子，委屈地望着我们。

舅婆压低声音，附在我耳旁说："快进屋，看看去。"

我慌不迭地随着祖母进屋。祖母目光呆滞地站在房间中央，手中紧紧地攥着黄烟杆，像是溺水的人抓住了稻草。我悲哀地看着她，伸手从烟袋中撮起烟丝装入烟窝子。祖母恍若梦中被我惊醒一般，抖抖索索地抓起桌上的火柴。她的手犹豫着推了几下，火柴盒纹丝不动。我接过火柴盒子，轻轻地一划，点燃烟丝。火柴的光凝固成一面镜子，照出了祖母的悲凉，也解读了她内心的慌乱。祖母猛地吸一口，呛得咳嗽不止，眼眶中的泪水仿佛找到了一个缺口，泪花闪烁，险些滑落。祖母倔强地抬起头，肩膀依然簌簌发抖，但她的骄傲——硬生生地堵住了缺口，不让眼泪流下来。这是我生平第一次见到祖母的失态，也是我最后一次见到这幅场景，令我一辈子难以忘怀。在人前轻易不流露悲喜的祖母，那一刻，积压心头多年的委屈在多巴胺的作用下，得到了前所未有的扩大和膨胀，完全压到了她多年养就的处事不惊的性格。剥去外衣的祖母，竟是这般的脆弱和不堪一击。倏然，她赌气似的把手中的黄烟杆狠狠地朝地上一掷，嘴里喃喃道："四十年了，你怎么就留在她的身旁呢？"

她反复着这句话，这句话俨然是久旱地里的农作物，不管成熟与否，被祖母生拉硬拽出来，而每一次都带着血淋淋的撕裂伤痕。

我的祖父王文杰，他在我们的记忆中是个空白的人形，一个模糊不清的符号。偶尔，他的名字在我们的舌尖上打着滚儿，在我们家族的族谱上洇着风般的印儿。他像风，没有形体，但又确确实实存在。现在，这个沉寂数十年之久的男人，如同一缕春风，明眸皓齿地跳出来了。

祖父邂逅祖母，祖母刚刚脱离厄运。十六岁的祖母肩负着家族兴盛的重任许配给榨油坊的少爷。榨油坊的少爷徒有家产万贯，身子骨却多病多灾，他与祖母的喜日子才挑选好，便提前去了祖先那边报到。无端的，祖母替榨油坊的少爷守了足足三年的寡。祖母接回娘家时，正巧遇见下放在乡下改造的祖父前来登记户口信息。惊鸿的一瞥，使祖父的目光坚定不移地锁定了祖母。孔子登泰山而小天下；李白独坐敬亭山，相看两不厌；祖父见祖母，仿佛遇见了故人，睁着眼，闭着眼，都只为了见到祖母的身影。他像是春天里的一棵树，向着祖母舒展着自己的枝条。祖母是隐在他心中的欢喜，他不顾曾祖母的强烈反对，一意孤行地与祖母成婚。婚后没过几年，曾祖母阖然离世。曾祖母临终留下两条遗嘱：一是墓碑上不许刻祖母名字；二是死后棺椁葬于祖父下放的邻村。这两条遗嘱，每个字都像一把磨得雪亮的刀刃，锋利无比地剜着祖父心头之肉。祖父耿耿于怀曾祖母的去世，快快不乐，渐渐地沾上了酗酒恶习。每每大醉之下，必出言伤祖母，抱怨悔不该娶寡妇进门，斥责祖母是扫帚星，克死了曾祖母。很多年后，祖母每向我提及此事，黯然伤神。年少的我义愤填膺，替祖母鸣冤叫屈。祖母深深地吸一口黄烟，黄烟袅袅地飘散在我们的头上。祖母垂下头，羞赧地说："既见君子，云胡不喜？你祖父是我的恩人，他在我最困难的时候，给予了我希望和依靠。我又怎么可能去怨恨他呢。"

我哑然。问世间情为何物，直教人生死相许。绝世奇才张爱玲遇见了胡兰成，因为懂得，而慈悲地低在尘埃里，并欢喜地开成了一朵花。

父亲三岁时，祖父油灯熬尽。祖母强忍悲痛，请村人在太外公、太外婆的山上给祖父挖了穴地。岂料，下葬的时候，连着下了一个星期的罕见大雨。大雨往下倒，阶下的水陡然上涨。祖母搂抱着父亲和伯父坐在屋顶上，眼睁睁地望见停放在院子里的棺椁让洪水冲走。洪水退去后，祖母带着村人四处寻找祖父的棺椁，却一直未果。

祖父如一阵风，消失得没有痕迹。之后，我们家人踏上了寻祖父的漫漫长路。四十年以来，祖母日思夜想，每时每刻念叨祖父的棺椁。

现在，就在我们差不多淡忘祖父了，他的棺椁戏剧化地出现了。原本应该高兴的我们，却怎么也高兴不起来。我们百思不得其解，当年那场洪水是怎么将祖父的棺椁送过小河，然后冲上了山头？若是冥冥之中有神灵，那么当年的那场大雨寓意着什么？洪水把祖父的棺椁推向曾祖母的山，又是暗示什么呢？种种端倪，我们不敢继续深究，唯有相互责怪：这些年的清明，我们去曾祖母的山，怎么就没人察觉祖父就在曾祖母的身旁呢？

难道，真的有天意吗？还是造化弄人？最可怜的是祖母。

她沦陷其中。祖母能原谅祖父当年置他们母子三个不管撒手而去。但她无法理解祖父的棺椁被洪水冲走之后，哪里都不去，偏偏留在曾祖母的山。她在我们的眼里看到了困惑，开始怀疑从前的绮念都是假象，她越想越觉得不对，疑窦丛生。而这个所谓的新发现使祖母感到脸上无光，她不吃不喝，不眠不休，惊惶地举起探测器，试图在与祖父一起流转起伏的尘事中，查寻到蛛丝马迹。祖母六十原该耳顺，尘事泾渭分明，可在梳理男女之情上，不论她心性多么聪慧，都无法按捺住纷乱。她明明知道，一切既成往事，追究是枉然。但她欲罢不能。那些深埋的往事就像刚刚结痂的伤口，她稍作呼唤，它们便阵痛奇痒，蜂拥而至。高中时，我读到三毛写的"爱如禅，不能说，一说就错"，失声痛哭，而此时祖母已经去世多年。锈由铁生而伤铁。世间男女因情愫相互爱慕，惺惺相惜，往往恨里生怨，怨里有爱。爱上爱情的人，往往最是容易被时光之刀伤得面目全非。

仿佛一夜间，祖母丧失了语言能力，她成了失语者。任谁和她说话，她都缄口无言。她那哀怨的眼神审视着我们，分明把我们都当作了整个事件的同谋者。

伯父请来了舅婆。舅婆坐在祖母的对面，絮絮叨叨半天，祖母兀自一言不发。舅婆摇着头叹气走了。

我们轮番进屋陪祖母说话，尝试着让她的嘴巴恢复语言的功能，但一切徒劳。祖父是祖母赖以生存的光，眼下这缕光黯淡了，幻灭了，不由分说地封闭了她鲜活的世界。

望着祖母，我们常常像坏人一样邪邪地想，宁愿时光将祖父的棺椁继续掩埋，不要重新翻找出来。

（二）

河边上的鸭跖草从茵茵草丛中突围，开出一朵朵蓝色的小花。那点蓝，像祖母素日盖的被面，干净素雅地映衬着蓝色花朵的兴盛与衰败。鸭跖草忧郁地望着我日渐长高的身影。

我的手在洗衣石和祖母的衣服之间揉搓。祖母下不了床，终日病恹恹的。她的衣服交由我来清洗。我的手指白皙修长。我们都没有遗传祖母姣好的面容。在众多的后辈中，唯有我的一双手，长得与祖母的手极其相似。洗衣石摩挲着我的手指，收藏着我的体温。而河水漂过祖母远去的梦，亦收藏着她的体温。

祖父去世后，家里的门槛被上门提亲的人践踏成一个月牙形。方圆数十里，觊觎祖母容貌与人品的人纷沓而至。我无法还原祖母年轻的样子。但江南山水毓女人。祖母身材高挑，一米六几，皮肤白净，放在人群中，算是个人尖子。何况祖母进过学堂，识文断字，女红又颇好，在农村女子中，她算得上翘楚。

起初，我的太外公和太外婆顾及祖母和祖父的情分，不敢在祖母面前游说再婚之事。时日久了，他们觉得逝者已去，孤儿寡母的生活还必须延续下去。于是，太外公和太外婆竟以命令式的语气威逼祖母去相亲。祖母先是百般搪塞，知道逃不过了，她拿出祖父的黄烟杆，决然地说："你们要我再嫁可以，但必须帮我找到他的棺椁。否则，凭他皇帝老爷下圣旨，我宁死断不嫁。"

太外公和太外婆最清楚自己女儿说一不二的脾性，他们喟叹祖母的痴傻，却一边暗暗接济她。

祖母白天下地照常干活。晚上，她遏制不住思念祖父就掏出祖父的黄烟杆，学着祖父的样子，点燃烟丝，含在嘴里。吐出来的烟圈在房间里飘啊飘啊，顷刻间，整个房间弥散着苦苦的烟草味。

为了不耽搁白天干活，祖母每天很早就去小河边浣洗衣服。有时，小河寂无一人，祖母凝望着曾祖母的山，想着祖父，想着生活的困苦，悲从中来。她蹲在洗衣石上，情不自禁地喃喃自语。水草用绿色的绸带把祖母的呢喃打包送给了河水，河水一下一下地撞击洗衣石，渐渐地撞散了悲伤。河很快恢复成什么事情也没有发生的样子。

小河是祖母逃避这个世界的另一个世界，她慌乱的心在河水的洗濯下，慢慢地又恢复成鹅卵石般的坚硬。祖母洗完衣服，好像什么事情也没有发生的样子，进进出出，按部就班，该做什么仍旧做什么。可是，她恋上了小河，习惯与小河倾心长谈。

有一天早上，祖母低头自语间，从她的身后递过来一块素素的手绢。祖母抬头望去，与递手绢的高个男子四目相对。据我舅婆回忆说，那个男子身材清瘦，眉目长得斯文，身上透着一股书卷气，不像村里的粗糙庄稼汉。祖母和男子站在一起，两人是金童玉女。男子是个知青，在邻村当小学老师。因为高不成低不就的，拖到三十多岁还未娶妻。可不知道什么缘故，当媒人给他介绍祖母时，他居然一口应允。

我揣测，或许，祖母身上散发的某种气息，暗合了他的心意。

谁也不清楚那个早上，祖母和男老师发生了什么事情。但此后，男老师不辞而别，离开了我们的小镇。我七岁那年，一个说话有外地口音的中年男子寻到我们的村子。他怀揣着一个锦盒来我们家报丧。祖母打开锦盒，里面赫然是一块泛黄的手绢。男老师回到了故里，相思成疾，缠绵病榻。不过十几年的时间，祖母便与他天人路隔。锦盒一直躺在抽屉里，以后，我从未见祖母打开过。过世的男老师恐怕不知道，坚忍的祖母素来不喜落泪，又何须一方手绢呢？他的深情注定付诸流水。

多年后的一个下午，祖母和舅婆蹲在河边洗烟叶。我站在她们身后摘鸭跖草染指甲。见四下无人，舅婆突然停止手中的活，贸贸然探问祖母，当年是否对男老师动心过，又是如何拒绝人家的。

祖母不设防，期期艾艾说不出话来，布满沧桑的脸上突地浮起少女般的红晕。

沉吟良久。祖母脸上的红晕越来越深。她沉浸于回忆。当年她冷冷地拒绝了男老师的好意。男老师不以为忤，反而柔声对祖母说："我懂得你的苦，不要憋在心里憋坏了身体。"

年轻的祖母心中一动。半晌，她回过神，厉声说道："你偷窥我，算不得什么君子。"

男老师低头小声分辩道："我本是一君子，遇窈窕淑女，寤寐求之。只是，三番两次托付媒人去你家，都被你义正言辞地拒绝。我不甘心呀。"

祖母瞥了一眼曾祖母的山，坚定地对男子说，她不想辜负他的情意。她的这一生，只对一人好。从此，眼中不会有其他的男人……

桐花万里路，连朝语不歇。年轻的祖母早在与祖父结合时，就已经为自己的一生写好了结局。我恍然觉得她来自于蒲松龄《聊斋》中的一株植物，像香玉或是葛巾，至情至性，承了人家的恩情，就耗尽最美丽的青春，马不停蹄地用自己的一生去报答。而在我弱小的心中，第一次生长出一种叫作情义的事物。

冬至临近，光照一日比一日短。祖母空落的院子里，狗尾巴草覆盖了烟叶，它们擎着土黄色的穗子，肆无忌惮地霸占了院子里的领土。

祖母孤寂地躺在床上，她已经有好几天没进食了。维持她生命的是吊在床栏杆上的生理盐水。她瘦得骇人，两侧的太阳穴像是雨季塌陷的田埂，露出深深的洞穴。村里生活阅历丰富的金宝爷爷来看过祖母。金宝爷爷十六岁参军，无数次从死人堆里爬出来。他指着祖母的太阳穴悄悄地对伯父说："人的太阳穴之所以鼓鼓的，积攒的是阳气。眼下老太太的太阳穴瘪了，你们是时候准备后事了。"

金宝爷爷走近祖母床边，响亮地打了一个饱嗝。昏睡中的祖母微微地皱了一下眉。可是，金宝爷爷的话，毋庸置疑，是具有权威性的。伯父和父亲集齐家人，商议着为祖母守夜。

冬天的夜晚撕开了数道口子，展示了黑色的忧伤。村里的狗吠在黑暗的遮掩下，翻过山岗，消失了。男人们在堂兄的屋子里玩牌打发时间。堂嫂、堂姐围坐在祖母的房间里，小声地聊着一些无关痛痒的话题。我挨近祖母坐在床边，窗外的柚子树觑着眼睛无声无息地看着我。多少个夏夜，我和祖母就坐在柚子树下看星星。祖母告诉我，天上一颗星，地上一个人。她常常指着夜空中最亮的星星说那就是我，而旁边发出微弱光芒的星星，祖母说那是她在守候着我。祖母的蒲扇轻轻地摇摆，她说，有一天，她的那颗星星坠落了，也就是她离开我的时候……祖母显然不知道一千六百多年前，牛顿在苹果树下发现了万有引力。但我们的祖先比牛顿更早洞察到天上的星星和我们人类一样，都会以落叶归根的形式结束行程。

堂嫂打了一个长长的哈欠，低声与堂姐说了一句玩话。堂姐捂着嘴笑得花枝乱颤。我挪步走到窗前，寻找着祖母的星星。

夜风敲打窗棂，远远地听到了后山林子"呱呱"的乌鸦喊叫。此起彼伏的叫声，乱糟糟的交织成一片，带着森然的寒意。我们的心暗暗一揪。乌鸦属于黑夜之鸟，是诡异的预言者。村里老人常说乌鸦的鼻子比狗还灵敏，它们能嗅得到将死之人的气味。

堂姐戛然止住笑，泛起嘀咕，是不是祖母的气味提前被风吹去，引来了乌鸦。

堂嫂安慰她说，不是，过两日是冬至。乌鸦来提醒我们为先人多烧纸钱。

乌鸦的聒噪惊醒了昏睡中的祖母，她茫然地睁开浑浊的眼睛，一次次蠕动干瘪的嘴唇。大半年没有开口说话的祖母，似乎忘记语言的发音。她直直地盯着门口，困难地吐出伯父名字中的第一个字。堂嫂领会祖母的意思，赶紧让堂姐喊来伯父。

伯父进屋。祖母示意我们将她扶起来靠在枕头上。但祖母的身子如同寒塘中的枯荷，摇摇欲坠。她实在没有气力靠在枕头上，堂嫂几次扶着她坐好，她都瘫软下去。无奈之下，堂嫂只好用自己的肩膀支撑起祖母的后背，祖母软绵绵地靠在堂嫂身上，神智较为清醒地望着伯父，简单而模糊地说了两个字——冬至。

我们心知肚明，祖母是牵挂着祖父的棺椁。按照老家的习俗，清明醮坟，冬至培土。冬至与清明，农历七月半，并列为鬼节。但清明和七月半，阳气旺盛，都不宜动土迁坟。若是家中亲人坟墓塌陷或是迁移，人们会选择冬至这一天动土。论理说，祖父的坟墓自然是迁回我们后山，等祖母百年后，两人合葬一处。镇里杀猪的张老三发财后，学做陈世美抛弃糟糠之妻，另结新欢。今年夏天，张老三心肌梗死猝然去世，他的旧爱和新欢就为了百年后谁能和他合葬的问题而大动干戈，最后闹上了法庭。

伯父神色悲戚，哽咽着告诉祖母，他已经和邻村人商议好，把祖父的坟墓从曾祖母的山迁到我们的后山。后山，有祖母多年前选好的墓穴之地。

祖母闻言，冷冷地哼了一声，朝伯父无力地摆了摆手，喘着粗气，断断续续说道："认命吧。"

认命？我们万分诧异。

很多年前，祖母就向我们透露，她要和祖父生同衾，死同椁。我想，这也是诱使祖母始终不放弃寻找祖父棺椁的酵母。祖母听多了何赛飞唱的《梁山伯与祝英台》，她的灵魂早已和"梁祝"合为一体。虽然命运捉弄人，她无法和祖父执子之手，白头偕老。然而，她富有浪漫的情怀，一直很偏执地认为，死后能像梁山伯与祝英台化作蝴蝶双飞双宿，不枉为人间一美事。

　　许多年后，我回忆起祖母的冷哼和她悲凉的手势，仍然如鱼刺在梗。《半生缘》的结尾之处，曼帧对世钧说："我们回不去了，再也回不去了。"曼帧回不去了，世钧回不去了，祖母也回不去了。死者为大，祖母不得不与天命握手言和。曾祖母和祖父在生前困囿了祖母这条河流的流向；他们死后，像一道闸门，再次拦截了祖母的流动，令其动弹不得。

　　既然祖母不再纠缠旧事，我们又何必苦苦地帮她想起来？伯父和父亲趁着冬至叫来泥瓦匠去了曾祖母的山，风风光光地修缮了祖父的坟墓。

　　冬至的黄昏来得比任何时候都早，仿佛刚刚吃过午饭，四下里就响起了人们吃夜饭的鞭炮声。祖母却在鞭炮声中，拼却全身的气力，吐出祖父的名字。祖母从无尽的黑暗中走来，又消失在无尽的黑暗里。

　　祖母下棺的那天，伯父把黄烟杆放在了祖母的胸前。木匠手中的铁钉一根根楔入棺板中，舅婆悲声恸哭。舅婆与祖母情同姐妹，相依相携，一起用纵横交错的皱纹网住了长长的岁月，历经了我们家族的荣辱沉浮。

　　生命中从来没有最好的告别。多年前，舅公离舅婆远去，葬在了后山太外公、太外婆的身旁。现在，祖母也去了那里，那里有她熟悉的和爱她的亲人，他们团聚在远方的另一个地方。形影单只的舅婆沦落为这个世上最寂寞的人。

　　天空中盛载着积年的云层，墨色有层次地洇出。空气低沉、黏糊，似乎随意一捏就能捏出江南的阴冷。送葬的人群纷纷涌上了后山，我站在人群中，心中涌出巨大的悲痛，强忍着没有哭，一遍又一遍地在心里默念着祖母的名字：冬莲。风从对面的河边刮过来，隐隐传来越剧的唱腔，何赛飞的声线如故。我和梁山伯、祝英台一起静候着冬天的第一场雪，一场素白的雪。